영혼을 깨우는
지혜 수업

영혼을 깨우는
지혜 수업

수피, 사막 교부, 선사, 랍비들이 주는 삶의 나침반

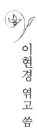

이현경 엮고 씀

교양인
GYOYANGIN

들어가며

픽 오래전 일입니다. 스님들이 여름 90일 동안 산문을 나서지 않고 오로지 명상 수행만 하는 하안거 기간에 한 암자의 선방을 방문했습니다. 가파른 산길을 숨차게 올라 자그마한 선방 앞에 당도하자, 안내자의 요청을 받은 한 스님이 나와서 일행을 맞아 주었습니다. 스님들이 묵언 수행 중이라 안에는 들어갈 수 없다며, 그 스님은 먼 곳까지 온 일행의 수고에 대한 답례로 짤막한 인사의 말씀을 하셨습니다. 작은 키에 눈빛이 형형했던 그 스님은 이렇게 말했습니다.

"여러분, 인생이 얼마나 짧은 줄 아십니까? 순식간에 돌아가야 할 날이 다가오는데, 자신이 누구인지 어디서 와서 어디로 가는지도 모르는 채 죽는다면 그 얼마나 억울합니까? 절에 와서 구경 다니고 추억 만들고 그런 거 하지 마시고, 오로지 자신이 누구인지를 깨치는 데 마음을 쏟으십시오. 시간을 아껴 자신의 참모습을 깨쳐 참사람으로 살아가십시오."

스님은 그렇게 짧은 말씀을 하시고 들어가셨습니다. 뒤돌아 비탈길을 내려오는데 나도 모르게 주르륵 눈물이 흘렀습니다. 그 스님에게서 영혼의 등불이 켜진 사람의 눈을 처음 보았습니다. 남루한 회색 옷을 입었을 뿐인 그 스님에게서 진리를 위해 모든 것을 버린 사람의 모습을 보았습니다. 세상이 추구하는 출세의 길, 성공의 길을 마다하고, 높은 산 깊은 숲으로 난 오솔길을 걸어 자신을 비우는 길로 가는 사람이 있음을 알게 되었습니다.

그런 분들은 아주 오래전에도 있었고 어느 종교에나 있었습니다. 그분들은 어느 시대에나 진실을 깨닫고 자기 영혼의 정수를 회복하고자 하는 사람들에게 영감의 원천이 되었습니다.

이 책에는 그렇게 진리와 하나를 이루어 간, 인류의 오랜 영적 스승들의 놀랍도록 헌신적인 삶의 이야기들이 담겨 있습니다. 이슬람교의 신비가이자 영적 스승인 수피, 가톨릭의 숨겨진 영성가였던 사막 교부, 불교의 궁극의 경지를 닦아 간 선사, 그리고 유대교의 가르침을 온몸으로 살아낸 랍비의 일화와 우화들입니다. 이 이야기들에서 그분들의 따뜻하고 재치 넘치는, 지극히 인간적인 면모와 동시에 천상의 소리를 듣기도 하고 기적 같은 일들을 일으키는 초인간적인 모습도 만날 수 있습니다.

수피들은 흰 양털 옷을 입었던 까닭에 수피라 불렸던 이슬람교 수도자들인데, 8세기 이후 많은 가르침과 일화를 남겼습니다. 수피들은 평범한 서민들 속에 섞여 살거나 다양한 직업에 종사했기 때문에 그들의 일화는 매우 다채롭습니다. 우화나 비유 속에 가르침이 담겨 있어서 재미있기도 합니다. 또한 그 속에 숨겨진 사람들의 허를 찌르는 지혜는 흥미롭고 경이로운 깨우침으로 다가옵니다.

사막 교부들은 4세기경부터 세속을 떠나 사막으로 가서 철저하게 은둔하며 고행과 기도, 노동의 삶에 헌신한 영적 스승들입니다. 사막 교부들의 일화에는 모든 것을 신께 내맡기고 한순간의 거짓과 허영도 용납하지 않으며 순수한 영혼으로 자신을 정화해 가는 지극한 구도의 모습이 있습니다. 그분들이 감당하는 인내와 겸손의 이야기를 읽다 보면 인간이 이렇게까지 자신을 비워낼 수 있다는 것에 뭉클하기도 하고 가슴이 아릿하기도 합니다.

그동안 여러 책에서 소개되었던 선사들의 수행담과 일화는 특히 중국과 한국 고승들의 이야기가 많았습니다. 이 책에는 중국과 한국에서도 많이 알려지지 않은 선사들의 일화와 티베트, 일본, 남방불교 스님들의 일화도 두루 담겨 있습니다. 선사들이 눈앞에 보이는 현상에 매몰되지 않고 참된 본성과 하나된 자리에서 만물을 바라보며 일갈하는 말씀과 신비로운 경험담을 읽다

보면, 경계를 넘나드는 자유로움을 맛볼 수 있습니다.

유대교의 랍비들은 종교의 역사가 긴 만큼 어느 종교보다도 오랜 세월 스승의 역할을 해 왔습니다. 《탈무드》를 중심으로 알려져 온 랍비의 일화나 우화는 주로 세상의 분쟁과 갈등, 인간관계와 처세에 관련된 지혜를 다룬 것이었습니다. 이 책에는 그보다도 영적 스승으로서 랍비의 면모를 볼 수 있는 일화들이 많습니다. 경전과 율법과 기도로 충만하여 늘 하느님의 말씀을 듣고 살았던 랍비들의 이야기에서 맑게 깨어난 영혼은 지상에 있으면서도 천상과 함께 살아간다는 것을 알게 됩니다.

이 책이 세상에 나오는 데 누구보다도 독자들에게 감사를 드리고 싶습니다. 온갖 전자 매체가 넘쳐 나고, 몸과 감각, 정보와 지식의 측면에서 소비하고 향유할 것이 아주 많아진 시대에도, 영혼을 깨우는 스승들의 목소리를 담은 책을 펼쳐 드는 독자들이 있기에 이 책은 태어날 수 있었습니다. 또한 그런 독자들을 소중히 여기며 책을 정성껏 다듬어 펴낸 교양인 출판사에도 머리 숙여 감사를 전합니다. 이 모든 이야기가 영혼의 샘에서 길어 올린 시원한 생명수처럼 모든 읽는 이들의 마음을 촉촉하게 적시고 환하게 밝혀주기를 기대합니다.

선사 ─ 허공을 짚는 손가락

랍비 ─ 하늘을 듣는 마음

수피,
익살 속에 감춰진
지혜

도둑과 주정뱅이와 수피

한 사람이 길가에 누워 있었다. 다치거나 죽은 것은 아니었지만 먼지와 더러운 것들이 잔뜩 묻어 있었다. 길을 가던 도둑이 그에게 다가가서 보고는 이렇게 중얼거렸다.

"이자는 길가에서 잠든 도둑놈이 틀림없어. 경찰이 잡으러 오겠지. 경찰이 오기 전에 어서 피하자."

잠시 후 술주정뱅이가 비틀거리면서 다가왔다.

"흥! 이기지도 못하는 술을 먹고 길에서 뻗어버렸구먼. 이봐! 친구, 다음엔 술을 먹어도 적당히 먹으라고!"

이번에는 수피 한 사람이 다가왔다.

"오! 이 사람은 황홀경에 빠져 있군. 나도 이 수행자 곁에서 명상을 해야겠다."

같은 사람을 보고서, 세 사람이 각자 자기식으로 보고 반응합니다. 이렇게 압축해놓으니 우스운 이야기 같지만, 우리는 실제로 이렇게 반응하며 살아갑니다. 자신의 이해 수준을 넘는 것을 알아볼 수 없는 까닭입니다. 만약 길가에 누워 있는 사람이 진짜 도둑이거나 술주정뱅이였다면, 이 수피는 수행자로 착각하여 어처구니없는 짓을 한 것일까요? 사실이 어떻든 그 사람 옆에서 수행하며 황홀경을 체험했다면, 이 수피는 훌륭한 구도자가 분명합니다. 이 수피의 시선을 따른다면 평범한 이웃의 행동에서도 깨달음으로 안내하는 표식을 찾아낼 듯합니다.

당나귀의 짐

어느 날 어리숙한 수피가 산에 나무를 하러 갔다. 나무를 해서 한 단을 등에 멘 채로 그는 당나귀를 타고 집으로 돌아가고 있었다. 길에서 그의 모습을 본 사람들이 웃음을 참지 못하고 물었다.

"나무를 당나귀에 실으면 될 텐데 뭐하러 자네가 등에 지고 가는가?"

어리숙한 수피는 제법 나무라는 투로 말했다.

"당신들은 참 잔인하군요. 당나귀는 지금 나를 태우고 가는 것만도 힘이 들 텐데, 나무까지 지고 가게 하라고요? 당나귀의 짐을 덜어주려고 나무는 제가 지고 가는 겁니다."

이 수피는 제 나름대로 당나귀를 생각하는 마음을 냈지만 사람들에게는 놀림감이 되었습니다. 자비는 있으나 지혜가 모자란 탓입니다. 자비 없는 지혜는 건조하고, 지혜 없는 자비는 맹목적입니다. 도우려 해도 결국 별 도움을 주지 못합니다. 때로는 넘어진 사람을 일으켜주기보다 스스로 일어날 때까지 곁에서 지켜보는 것이 훨씬 더 도움이 됩니다. 또한 인생에서 가끔 당나귀가 주어지면 짐은 내려놓고, 온 길과 갈 길을 둘러보는 성찰의 여유를 누려도 괜찮겠습니다.

왕과 무례한 수피

한 수피가 사막에 앉아 마음껏 행복과 평화를 누리고 있었다. 마침 왕이 여행하다가 그의 앞을 지나게 되었는데 특별한 마음 상태에 들어 있던 수피는 인사는커녕 고개를 들지도 않았다. 왕이 거슬려 하는 것을 보고 신하 한 사람이 재빠르게 수피에게 다가가 말했다.

"왕께서 지나가시는 것을 몰랐소? 당신의 무례함에 폐하께서 진노하셨소. 마땅히 경배를 올리도록 하시오."

수피가 대답했다.

"가서 왕께 아뢰시오. 폐하께 뭔가 얻을 것이 있는 자들한테서나 경배받기를 기대하시라고. 또 왕이란 백성을 보호하라고 있는 거지, 백성이 왕에게 봉사하라고 있는 게 아니라고."

왕은 수피의 건방진 태도가 여전히 마음에 들지 않았지만, 그가 하는 말에 일리가 있다는 생각이 들어 다가갔다.

"내게 무슨 특별히 들려줄 말이라도 있는가?"

"한마디만 하겠습니다. 왕께서는 지금 가진 것이 많은 부자입니다만 그 모든 재물과 땅과 왕국이 어느 날엔가 폐하 손을 떠나 다른 사람에게로 넘어갈 것임을 잊지 마십시오."
"고맙네. 내가 그대에게 줄 만한 선물이 있겠는가?"
"있지요. 제발 두 번 다시 성가시게 하지 말아주십시오."

수피의 대표적 스승인 루미는 그의 시 〈여인숙〉에서 "인간이란 여인숙/ 매일 아침 새로운 손님이 도착한다."라고 노래했습니다. 또 어떤 수피는 궁전에 들어가 왕도 궁전의 영원한 주인은 아니라는 뜻으로 "여기가 여관이 아닌가! 하룻밤 잘 곳을 구하러 왔소."라고 했다는 이야기도 있습니다. 왕도 죽음에 이르면 권력과 부를 반드시 잃게 되거늘, 이 땅에서 지위와 소유물을 잃지 않을 사람이 누가 있겠습니까? 이것을 명확히 터득하면 세상을 보는 시선이 크게 열려 무엇에나 초연하고 당당한 마음이 자리 잡을 것입니다. 왕 앞에서도 굴함이 없는 이 무일푼의 수피처럼.

불빛은 어디에서 오는가

위대한 수피 스승이 죽음을 앞두고 제자들에게 마지막 질문을 받고 있었다. 수제자가 다가와 물었다.

"스승님께서는 당신의 스승에 대해 한 번도 말씀해주신 적이 없어서 저희 제자들은 몹시 궁금했습니다. 스승님에 대해 말씀해주시겠습니까?"

수피 스승이 천천히 대답했다.

"그건 대답하기 매우 어려운 질문이구나. 나는 거의 모든 사람들에게서 배웠기 때문이다. 모든 존재가 나의 스승이었다. 나는 삶에서 일어나는 모든 사건들로부터 배웠고, 그것들을 통해 이 자리에 도달했다. 나는 내게 일어난 모든 일에 감사한다."

그러면서 궁금해하는 제자들을 위해 자신에게 배움이 된 이야기 하나를 들려주었다. 언젠가 수피 스승이 작은 마을에 들어갔다가 한 소년이 사원에 가져갈 촛불 하나를 나르고 있는 것을 보았다. 수피가 소년에게 물었다.

"그 불빛이 어디서 나오는지 말해줄 수 있겠느냐? 네가 그 초를 밝혔으니 너는 그것을 알 것이다."

그러자 소년은 생긋 웃으며 잠깐 기다려보라 하더니 촛불을 끄고 말했다.

"불빛이 사라지는 것을 보셨죠? 그러니 빛이 어디로 갔는지 말씀해주시겠어요? 그걸 말씀해주시면 저도 그 빛이 어디서 왔는지 말씀드릴게요. 왜냐하면 불빛은 나왔던 곳으로 돌아갔으니까요."

수피 스승은 제자들을 돌아보며 말했다.

"나는 위대한 철학자들을 만나보았지만 누구도 그렇게 아름다운 말을 한 사람은 없었다. 그 소년은 모든 것은 자기가 나왔던 근원으로 돌아간다고 말했을 뿐 아니라 나의 무지를 일깨워주었다. 소년은 '빛이 어디서 왔느냐'는 어리석은 질문을 하는 것은 지혜롭지 않다는 것을 나에게 보여주었다. 그것은 어느 곳도 아닌 곳, 무(無)에서 나와, 어느 곳도 아닌

곳, 무로 돌아간다. 나는 그 소년에게서 훌륭한 가르침을 받았다. 내 앞에 서서 촛불을 끄던 그 소년을 나는 아직도 볼 수 있다."

어린 소년은 모든 것은 자기가 나왔던 근원으로 돌아간다는 것을 이해했습니다. 촛불이 그렇듯, 인간의 죽음도 끝이 아니라 근원으로 돌아가는 것으로 볼 수 있습니다. 임사 체험(NDE, Near Death Experience)을 한 수천 명의 사람들은 어두운 터널을 거쳐 환한 세계로 나아가 위대한 사랑의 빛을 만났다고 증언합니다. 인간이 나왔던 근원이 사랑의 빛이든, 어느 곳도 아닌 무(無)라고 하든, 자신이 왔던 곳으로 돌아가야 참다운 안식과 평화가 가능할 것입니다. 인생이라는 여행이 온 곳도 온 까닭도 모르는 방황의 길이 아니라, 자신의 근원인 집으로 돌아가는 귀향의 길이어야 하겠습니다.

누가 먼저 먹을까

익살맞은 수피 나스루딘이 순례길을 떠났다가 신부와 요가 수행자를 만나 함께 여행하게 되었다. 어느 마을에 도착했을 때 다른 두 사람이 예배를 드리는 동안 나스루딘이 음식을 장만하게 되었다. 그는 맛있는 음식인 할와를 준비했다. 밤이 되어 음식을 먹게 되자 나스루딘이 우선권을 요구했다.

"내가 그 음식을 장만했으니까요."

그런데 신부와 요가 수행자는 동의하지 않았다. 신부는 자신이 절대적인 성직자의 위계질서를 대표한다는 이유로 자기가 먼저 먹어야 한다고 했고, 요가 수행자는 자신은 삼 일에 한 번만 식사를 하니 자기가 먼저 먹어야 한다고 주장했다. 결국 그들은 잠을 자고 일어나 최상의 꿈 이야기를 하는 사람에게 우선권을 주기로 결정했다.

아침이 되자 신부가 말했다.

"꿈에 나는 내 종교의 창시자를 보았습니다. 그분은 축복의 몸짓을 하면서, 특별한 축복과 함께 나를 선택하셨습니다."

두 사람은 감동했다. 이번에는 요가 수행자가 말했다.

"나는 열반에 들어 있으면서 완전히 무(無) 속으로 녹아들어가는 꿈을 꾸었습니다."

역시 감동적이었다. 다음으로 나스루딘 차례가 되었다.

"나는 수피의 스승인 키드르를 뵈었습니다. 그는 가장 정화된 사람에게만 모습을 나타내는 분이지요. 그분이 말씀하셨습니다. '나스루딘, 그 할와를 먹어라, 당장!' 물론 나는 그분의 말에 복종해야만 했습니다."

수피 이야기 중에 물라 나스루딘의 이야기가 제법 많이 전해지는 것은 모자란 듯하면서도 사람들의 허를 찌르는 그의 유쾌한 재치 덕분인 것 같습니다. 순발력을 발휘하여 상황을 반전하는 기지(機智)가 반짝입니다. 할와는 중동 사람들이 좋아하는 달콤한 과자류 음식입니다. 세 사람은 최상의 꿈을 꾼 사람이 먼저 먹기로 나름대로 규칙을 정했는데, 나스루딘은 그 규칙의 허점을 이용해서 할와를 먹어버립니다. 조금 얄밉기는 하지만 규칙을 깬 것은 아니니 나무랄 수도 없습니다. 이런 기지는 어디서 나올까 궁금합니다. 나스루딘은 격식과 절차라는 틀을 넘어서는 자유로운 마음을 지녔기에 그 빈틈 너머를 볼 수 있었나 봅니다.

개가 준 가르침

한 수피에게 누군가가 물었다.

"당신은 누구의 가르침을 받았습니까?"

수피가 말했다.

"개입니다. 어느 날 물가에 있는데도 갈증에 허덕이는 개를 한 마리 보았습니다. 그 개는 몹시 목이 타는 듯했지만 물 위에 자기 모습이 비치면 화들짝 놀라 내빼곤 했지요. 그놈은 물 위에 비친 자기 모습이 딴 개라 생각해서 두려웠던 것입니다. 그러다 마침내 그 개는 두려움을 물리치고 물속으로 뛰어들었습니다. 그 순간 '딴 개'는 어디론가 사라져버렸지요."

이 수피는 놀랍게도 개를 통해서 깨달음을 얻었습니다. 마이스터 에크하르트는 〈풀쐐기의 설교〉라는 시에서 "모든 존재는 저마다/ 신이 들려주는 한마디씩의 말"이라고 했습니다. 그처럼 진정한 구도자는 주변 모든 존재들에서 신의 가르침을 발견하기에 개의 행동을 보고도 "아하!" 하며 안목이 열린 것입니다. 또 하나 놀라운 점은 개가 두려움을 떨치고 물에 뛰어드는 순간 자신의 허상일 뿐인 '딴 개'가 사라진 것입니다. 반대로 인간은 거울에 비친 모습을 '자신'으로 붙잡으며 그것을 잃을까 봐 두려워합니다. 거울에 비친 모습이 허상임을 깨달으려면 진짜 '자신'을 향해 풍덩 뛰어들어야 합니다. 어쩌면 지금 삶의 자리가 바로 뛰어들어야 할 물가인지도 모릅니다.

인생의 반은 헛살았군요

가끔 자신의 배로 사람들이 강을 건너게 해주는 뱃사공 수피가 있었다. 어느 날 깐깐한 학자 하나가 강을 건너려고 배에 올랐다. 배에 타자마자 학자는 날씨가 좋을지 험악할지 물었다. 날씨의 변화를 알기란 쉽지 않다고 수피가 대답했다.

학자가 다시 물었다.

"문법은 배우셨소?"

"안 배웠소."

"저런. 그렇다면 인생의 반은 헛살았군요."

수피는 대답하지 않았다.

얼마 지나자 엄청난 폭풍이 몰아닥쳤다. 배는 정신없이 흔들리다가 물이 차올라 기울기 시작했다.

겁에 질려 있는 학자에게 뱃사공 수피가 물었다.

"수영은 배우셨소?"

"안 배웠소."

"그렇다면 선생, 당신은 인생의 전부를 헛살았구려. 곧 물에 빠지게 될 테니 말이오."

유전공학, 우주물리학, 인공지능, 철학, 역사학…… 각 분야의 학문 발전 수준은 감탄스러울 정도입니다. 태양계 끝까지 우주 탐사선을 보내고, 세포와 유전자를 조작하고, 고도의 추상적 차원에서 존재의 원리를 규명하기도 하니, 최고의 지성을 연마한 학자들은 분명 인류의 소중한 자산입니다. 그 대단한 지성들도 평범한 농부, 어부, 청소부, 뱃사공들의 수고와 역할에 힘입어 먹고 자고 일하고 돌아다닐 수 있 습니다. 학자가 인생의 반은 헛살았다고 본 그 사람들이 인간의 생존 전부를 떠받치고 있습니다.

아무것도 생각하지 말라

어떤 말 많은 사람이 널리 존경받는 수피 스승을 찾아갔다. 말 많은 사람은 어디 어디에서 가짜 스승을 봤는데, 그가 추종자들에게 여차여차 가르치더라고 떠들었다.

"사기꾼이 분명합니다. 그놈은 사람들에게 '아무것도 생각하지 말라'고 말하더군요. 그따위 말장난을 누구는 못 합니까? 숨쉬기보다 쉽죠. 그런데 바로 그따위 말장난에 영향받는 사람들이 있거든요. 어떻게 아무것도 생각하지 않는다는 말입니까?"

수피 스승이 흥분해서 말을 늘어놓는 그 사람에게 물었다.

"그대는 무엇 때문에 날 만나러 왔는가?"

"그자가 사기꾼임을 말씀드리고, 진리에 대해 스승님과 말씀을 나누고 싶어서 왔습니다."

"그 사람이 사기꾼이라는 그대의 판단에 지지를 얻고 싶어서가 아닌가?"

"아닙니다. 그런 이유로 온 게 아닙니다. 저는 스승님께서 인도해주시기를 청하러 왔습니다."

"좋다. 인도해주리라. 내가 그대에게 해줄 수 있는 가장 좋은 가르침은 이것이다. 잘 들어라. '아무것도 생각지 말라'."

그 말을 들은 말 많은 사람은 슬며시 그곳을 빠져나오면서, 저놈도 분명 사기꾼일 거라고 생각했다.

그때 마침 낯선 사람 하나가 우연히 그곳에 왔다가, 수피 스승이 말하는 것을 듣게 되었다. "내가 그대에게 줄 수 있는 가장 좋은 가르침은 아무것도 생각지 말라는 것이다."라는 말에 그는 깊은 감동을 받아 이렇게 되뇌었다.

"아무것도 생각지 말라. 참으로 훌륭한 말씀이구나."

낯선 자는 그 말을 가슴 깊이 간직하고 자신의 길을 떠났다.

"아무것도 생각지 말라." 함께 이 말을 들었지만 한 사람은 사기꾼이라고 단정 지으며 떠나갔고, 다른 사람은 참으로 훌륭한 말씀이라고 간직하며 떠났습니다. 각자 다르게 받아들인 만큼 다른 인생을 펼쳐 나갔을 것입니다. 같은 밤하늘 별빛을 보더라도 어떤 이는 피곤함을 느낄 테고, 다른 이는 영감 가득한 노래를 지을 수도 있습니다. 그러니 인생은 스스로 연출하고 스스로 주연이 되는 한 편의 드라마입니다. 무엇과 마주치든 그에 대한 자신의 생각과 행동을 따라서 인생의 모습이 만들어집니다.

미친 사람의 황소 울음

열심히 수행하던 사람이 미쳤다는 소문이 돌았다. 사람들은 그를 꺼리며 기도회에도 끼어주지 않았다. 그러던 어느 금요일, 많은 논란 끝에 사람들은 그래도 기도회에는 그 사람을 참석시키기로 결정하였다.

사람들이 모여 조용한 가운데 기도가 시작되었다. 인도자가 신(神)을 찬양하며 기도를 이끌어 가는데, 갑자기 미친 수행자가 "음메 음메!" 하며 황소 울음소리를 냈다. 사람들은 역시 그는 미쳤다고 생각했다. 그래도 도와주려는 마음에 기도가 끝난 후 누군가 말을 건넸다.

"이보게. 엄숙한 기도 시간에 짐승 소리를 내는 건 믿음이 부족한 것 아닌가?"

미친 수행자가 고개를 저으며 말했다.

"난 그저 인도자가 한 대로 했을 뿐이에요. 기도를 읊고 있을 때 그는 황소를 사고 있었어요. 그래서 내가 황소 울음소리를 냈던 거예요."

어리둥절해진 사람들이 인도자에게 가서 이 말을 전했다.

인도자는 놀라워하며 말했다.

"신은 전지전능하시다고 읊을 때 난 사실 농장을 생각하고 있었소. 그리고 신을 찬양하는 대목에 가서는 황소를 한 마리 사야겠다고 생각하고 있었소. 황소 울음소리를 들은 건 바로 그때였소."

기도회는 신의 말씀을 나누는 자리이고, 인도자는 그 말씀을 전하는 자입니다. 진실한 인도자라면 겉으로 기도할 때 속마음도 기도 속에 하나로 모아질 것입니다. 그런데 이 인도자는 겉과 속이 달랐습니다. 사람들이 겉의 기도만 들었을 때, 미친 수행자는 속마음도 들었기에 황소 울음소리를 냈을 뿐입니다. 때로 겉이 전부라고 스스로 믿고 있기에, 겉과 속을 모두 보는 사람을 몰라보는 것은 아닌지 자신을 돌아보게 됩니다.

발등을 찍힌 수피

가난한 노인이 어떤 일을 의논하고자 존경받는 수피 스승을 찾아갔다. 워낙 허약하고 노쇠한 노인은 지팡이를 짚다가 그만 지팡이 끝의 쇠꼬챙이로 수피 스승의 발등을 찍고 말았다. 노인은 아무것도 모른 채 이야기를 했고, 수피는 말할 수 없는 아픔과 고통으로 안색이 변하고 식은땀을 흘리면서도 티를 내지 않고 노인의 이야기를 들어주었다.

얼마간 얘기를 하고서 바라던 답을 얻은 노인은 기뻐하며 돌아갔다. 그러자 수피 스승은 그 자리에 털썩 주저앉았다. 곁에 있던 제자가 말했다.

"오, 스승이시여! 발에서 피가 흐르지 않습니까? 그 노인이 노망해도 유분수지 어찌 남의 발등을 이 지경으로 만들어놓는단 말입니까? 그런데도 스승께서는 아무 말씀도 안 하셨으니……."

수피 스승은 손을 저으며 말했다.

"내가 아픈 티를 냈다면 어찌 됐겠는가? 가뜩이나 걱정거리

가 많은 노인에게 걱정 하나를 더 얹어주었을 게다. 그 노인
은 내게 도움을 청하러 온 것인데 얘기도 못 꺼내고 그냥 돌
아가고 말았을 것 아닌가? 내 어찌 그처럼 가난한 노인을 더
난처하게 할 수 있겠나?"

프란치스코 교황은 가난한 이들이 우리를 만나러 오시는 그리스도임
을 깨닫고, 마음의 문을 열어 자비로운 실천을 하라고 자주 말씀하십
니다. 그 자비가 거액의 헌금이나 엄청난 규모의 자선 사업일 필요가
없다는 것을 이 수피의 행동을 통해 다시 깨닫게 됩니다. 불쌍한 이
웃 노인의 마음을 헤아려주는 일, 가난한 노인을 더 난처하게 하지 않
으려 내 발등의 아픔을 잠시 참는 일, 그것이 위대한 자비라고 현자가
몸소 보여주었습니다.

'제일 큰 존재'를 아는 사람

한 탁발승이 수피 스승을 찾아와 '제일 큰 존재'에 대해 말해
줄 수 있는지 물었다. '제일 큰 존재'를 아는 사람은 인생과
운명을 바꾸는 기적을 일으킬 수 있다고 들었다는 것이었다.
수피 스승이 말했다.

"옛 가르침에 따라서 먼저 그대의 도량을 가늠해봐야겠네.
그대는 지금 곧장 성문으로 달려가서 해질녘까지 지켜보게.
그리고 돌아와서 그대가 본 것을 내게 말해주게."

탁발승은 스승의 말대로 하였다. 날이 어두워진 뒤에 돌아온
탁발승이 수피 스승 앞에서 자기가 본 것을 털어놓았다.

"스승님께서 말씀하신 대로 저는 성문 앞에 서서 정신 바짝
차리고 지켜봤습니다. 제가 거기서 가장 인상 깊게 본 것은
한 노인이었습니다. 노인은 힘겨울 만큼 큰 나뭇짐을 등에
지고 성안으로 들어오려 했습니다. 그런데 문지기가 노인의
앞을 가로막고 세금을 물리려 했습니다. 노인은 무일푼의 가
난뱅이였습니다. 그래서 문지기에게 '세금은 낼 테니 먼저 나

무를 팔 수 있도록 해달라.'고 사정사정했죠. 노인이 애걸복
걸하는데도 문지기는 그 노인에게 친구나 도와줄 사람이 없
다는 것을 알아채고는 강제로 노인의 나뭇짐을 빼앗았습니
다. 그런 다음에 노인은 무자비하게 그곳에서 쫓겨나고 말았
습니다."

가만히 듣고 있던 수피 스승이 물었다.

"그래, 그걸 보고는 마음이 어떠했는가?"

탁발승은 머뭇거리지 않고 이렇게 대답했다.

"전 '제일 큰 존재'를 어서 깨쳐야겠다는 마음이 솟구쳐 오르
는 것을 느꼈습니다."

"오 축복받은 자여! 그대는 충동의 언덕을 넘어갔구나!"

작은 일에도 쉽게 바뀌고 흔들리는 마음으로는 세상에서 '제일 큰 존

재'를 깨칠 수 없습니다. 그러니 수피 스승은 탁발승의 도량을 가늠해 보자고 했습니다. 보통 사람이 불쌍한 노인과 못된 문지기를 지켜봤다면 당장에 '이건 잘못되었다'라는 시비 판단이 일어났을 것입니다. 그러면 못된 문지기에게는 화의 감정을, 노인에게는 동정심을 느끼며 마음이 요동치게 됩니다. 그런데 탁발승은 눈앞에 보이는 장면에 동요됨 없이 근원적인 존재를 깨치겠다는 굳센 마음을 간직했습니다. 현상을 넘어 본질을 꿰뚫고자 하는 반석 같은 마음을 지켜, 인생과 운명을 바꾸는 길에 들어섰습니다.

시비를 피하고, 존경을 피하고

수피 스승에게 누군가 물었다.

"이제껏 사람들을 만나 오면서 어떻게 대하셨습니까?"

수피 스승이 말했다.

"난 보통 부드럽고 겸손하게 행동했지. 그런데 사람들이 나의 겸손함에 시비를 걸어오면, 난 되도록 빨리 그들을 피했지. 또 사람들이 나의 겸손함 때문에 날 존경할 때도, 난 재빨리 그들을 피했어."

일관되게 부드럽고 겸손한 태도로 대해도 상대방이 시비를 걸고 못마땅해한다면 누구나 피하기 마련입니다. 나아가 수피 스승은 존경을 보이는 사람들도 피했습니다. 치켜세우는 것도 깎아내리는 것만큼이나 부질없고 덧입혀진 허상이기 때문입니다. 그런 평판에 휘둘리다가는 본질을 놓치거나 내적인 고요함을 잃을 수도 있습니다. 수피 스승의 피난처는 다른 곳이 아닌 자신의 내면이었을 것입니다. 《숫타니파

타》에서 노래하듯, 무엇에도 걸림 없는 혼자만의 길로 향했을 것입니다.

"소리에 놀라지 않는 사자처럼
그물에 걸리지 않는 바람처럼
진흙에 더럽혀지지 않는 연꽃처럼
무소의 뿔처럼 혼자서 가라."

세 번 설교단에 오른 나스루딘

마을 사람들은 수피 나스루딘이 어리숙하다고 생각했다. 어느 날 그들은 나스루딘을 골려줄 생각으로 자신들의 모스크에서 설교를 해 달라고 부탁했다. 나스루딘은 그러마고 대답했다. 약속한 날 그가 설교단 위로 올라가 말했다.

"오! 여러분! 제가 무슨 말을 하려는지 아십니까?"

군중이 소리쳤다.

"아니오. 모릅니다."

"여러분이 알 때까지 저는 말할 수 없습니다. 여러분이 너무 무식하기 때문에 시작조차 못 하겠습니다."

그렇게 말하고 나스루딘은 설교단을 내려와 집으로 갔다. 기분이 상한 마을 사람들은 나스루딘을 찾아가 다음 기도일에 다시 설교해 달라고 부탁했다. 나스루딘은 설교를 시작하면서 이번에도 지난번과 똑같은 질문을 했다.

이번에는 모인 사람들이 한목소리로 대답했다.

"네. 압니다."

"그렇다면 다 알고 있는 것을 얘기할 필요가 없겠군요."

이 말을 하고 나스루딘은 그냥 단을 내려와 집으로 갔다.

그대로 물러설 수 없었던 사람들은 다음 기도일에도 설교해 달라고 다시 부탁했다. 나스루딘은 이번에도 역시 같은 질문으로 설교를 시작했다.

"여러분! 제가 무슨 말을 하려는지 아십니까, 모르십니까?"

"아는 사람도 있고 모르는 사람도 있습니다."

"좋습니다. 그러면 아는 사람들이 모르는 사람들에게 가르쳐 주면 되겠군요."

그러고 나서 그는 태연히 집으로 돌아갔다.

설교 한마디 않고 세 번이나 단에 올랐다 내려왔으니, 사람들이 골려 주려던 나스루딘이 완승을 거둔 셈입니다. 사람들의 속셈에 넘어가지 않고, 상대방의 허점을 이용해 스스로 무너지게 하는 것에 웃음이 납니다. 자연스레 태극권의 원리를 연상하게 됩니다. 태극권은 "상대방의 힘에 저항하지 않으면 그 힘이 느껴지지 않는다"는 원리에 따라 부드럽게 움직이며 상대방의 힘을 이용하여 상대를 막아냅니다. 상대방의 허점은 다른 수준, 다른 깊이의 안목이 열릴 때 비로소 볼 수 있습니다. 나스루딘에게서 어수룩함 속에 감춰진 진짜 고수의 내공이 느껴집니다.

가장 나쁜 사람들의 성품

한 사람이 홀로 조용히 사는 수피를 찾아가 말했다.

"당신이야말로 제 인도자, 스승임에 틀림없습니다. 청컨대 받들어 공부할 수 있도록 허락해주십시오."

수피가 물었다.

"그대는 어찌하여 내가 인도자요 스승이라 믿는가?"

그 사람이 대답했다.

"이제껏 숱하게 돌아다녀봤지만, 이토록 친절하고 따스하며 훌륭한 성품으로 명망이 높은 사람은 만나본 적이 없습니다."

그러자 수피가 눈물을 흘리며 말했다.

"친구여, 참으로 여리고 위험천만한지고! 그대가 지금 말한 그러한 성품과 명망이란 세상에서 가장 나쁜 사람들이 공유하고 있는 것들이라네. 그대의 말대로라면 세상의 악한 자들은 모두 성자가 되었을 거라네."

노자의 《도덕경》 38장에 이런 구절이 있습니다.

"도(道)를 잃은 후에 덕(德)이 나왔고, 덕(德)을 잃은 뒤에 인(仁)이 나왔으며, 인(仁)을 잃은 후에 의(義)가 내세워졌고, 의(義)를 잃은 후에 예(禮)가 생겼다. 그러므로 예법의 제정으로 신의가 박해지고 어지러움이 일어났다."

겉으로 꾸며 예를 갖추는 것은 도와 덕에 비해 격이 낮은 것이며, 예법이 성행하는 것은 그만큼 근본에서 멀어진 것을 나타냅니다. 사람들의 친절함이나 좋은 성품이 내면의 덕에서 저절로 우러나온다면 문제될 것이 없습니다. 하지만 겉으로 드러나는 친절함이나 명망으로 좋은 사람이라 판단하는 것은 현자의 말씀대로 위험천만한 일입니다.

진정으로 느끼는 사람

한 사람이 수피에게 물었다.

"당신은 어떻게 느낍니까?"

수피가 대답했다.

"아침에 일어나면 저녁에 죽을지 어떨지 알지 못하는 사람처럼 느낀다오."

그 사람이 다시 물었다.

"그건 모든 사람이 똑같이 처해 있는 상황 아닙니까?"

수피가 대답했다.

"그렇소. 그러나 얼마나 많은 사람이 그것을 진정으로 느끼겠소?"

사람들은 시간이 흘러간다고 믿으며 삽니다. 동이 터 아침이 오고, 이어 한낮이 되었다가, 별빛 내려앉는 밤이 온다고 여깁니다. 그 하루는 어제와 너무 비슷하기에 새로움이나 경이로움 없이 습관처럼 먹고 걷고 일하고, 그러고는 지쳐 돌아와 잠이 듭니다. 그런데 이 수피는 그 하루를 생의 전부인 것처럼 느낍니다. 저녁에 죽을지도 모른다고 느끼는 그에게는 차 한 잔의 맛도, 새들의 지저귐도 지상에서 마지막으로 누리는 소중한 경험이 될 것입니다. 그렇게 산다면 하루하루 매 순간의 일들에서 근원의 속삭임, 존재의 기쁨을 발견할 것입니다.

부자의 보물과 땅

웬 허풍선이 부자가 자기 집을 구경시켜주겠다고 수피를 데리고 갔다. 허풍선이 부자는 수피를 이 방 저 방 끌고 다니며 귀한 예술품들과 값진 카펫, 그리고 온갖 보물들을 보여주었다.

그런 다음 자랑스레 수피에게 물었다.

"자, 가장 인상 깊었던 게 무엇인가요?"

발에 힘을 주면서 수피가 대답했다.

"정말 대단해요. 이다지도 육중한 건물의 무게를 견디다니, 땅은 정말 강해요."

값지고 귀한 보물들을 보게 되면 갖고 싶다는 탐욕이나 갖지 못한 데서 오는 시기심이 일어날 수 있습니다. 그런데 수피는 온갖 호화품에 마음 흔들리지 않고, 모든 것을 떠받치는 '땅'을 인식했습니다. 진정 대지와 같이 굳건한 마음을 지닌 현자입니다. 그의 대답이 자랑으로 한껏 부풀어 오른 부자의 허영심에 바람을 빼는 바늘이 되었을 듯합니다. 아무리 보석이 반짝거려도 만물을 비추어주는 햇빛에 견줄 수 없고, 아무리 꽃들이 아름다움을 드러내도 뿌리로부터 그것들을 기르는 땅의 위대함에 비할 수 없습니다. 각각의 사람도 그 모두를 떠받치는 생명의 근원에서 비롯된다는 사실을 되새기게 됩니다.

사람의 길과 진리의 길

대단한 열성을 가진 한 사내가 수피 스승을 찾아갔다.

"세상의 모든 걸 벗어나서 진리의 길을 가고자 합니다. 저를 인도해주십시오."

수피 스승이 말했다.

"그대가 우선 내가 말하는 두 가지를 받아들일 수 있다면 그리해주겠다. 하나는 그대가 원치 않는 일을 해야 하는 것이요, 다른 하나는 그대가 원하는 일을 하지 않아야 하는 것이다. 사람의 길과 진리의 길 가운데에 서라는 것이다."

구도의 길이란 정확히 자신이 '원하는 것'과 반대로 사는 것이라고 수피 스승은 일러줍니다. 사람들의 개별적 자아, 즉 에고(ego)는 편안하고, 쾌감을 느끼고, 우월해 보이기를 원합니다. 육체적으로 힘든 일, 단순하고 지루한 일, 남들 아래에 서는 일은 원하지 않습니다. 그와 같이 에고가 원하는 욕망을 따르면서 진리를 깨닫기 바란다면, 우물가에 앉아 바다에 도달하기를 바라는 것만큼이나 어리석은 일이 됩니다. 예전의 현자들에게도 진리의 길은 세상으로 난 포장도로가 아니라 사막 혹은 깊은 산속으로 향한 비탈길이었습니다. 현자들은 그 길에서 자신이 원하는 것을 버리고 진리가 원하는 것에 자신을 내맡겼습니다.

진짜를 알아보는 눈

한 젊은이가 자애로운 수피 스승을 찾아와, 수피들은 나쁘다는 등 잘못되었다는 등 여러 가지 평판을 늘어놓았다.

그러자 수피 스승이 손가락의 반지 하나를 빼어 젊은이에게 주면서 말했다.

"장터의 노점상들에게 이걸 가지고 가서, 금화 한 냥이라도 얻어 와 보아라."

젊은이가 장터에 가보니 어떤 노점상도 그 반지 값으로 금화 한 냥은커녕 은전 한 닢 주려고 하지 않았다. 하는 수 없이 젊은이는 반지를 그냥 가지고 돌아왔다.

수피 스승이 다시 말했다.

"이번에는 진짜 보석상을 찾아가서 이 반지 값을 얼마나 쳐주는지 알아보아라."

젊은이가 보석상을 찾아가자, 보석상은 두말없이 반지 값으로 금화 오백 냥도 넘게 쳐주는 것이었다. 젊은이는 어리둥절해져서 돌아왔다.

수피 스승이 말했다.

"보석의 가치를 정말 알고 싶다면 진짜 보석상이 되어라."

수피 스승은 보석 반지 하나로 젊은이에게 진짜를 구별하는 법을 가르쳤습니다. 소문이나 평판은 장터 노점상들의 수군거림처럼 지혜도 안목도 없이 떠도는 말일 뿐입니다. 보석상이 되어야 진귀하고 비할 데 없이 아름다운 진짜 보석의 가치를 알아보고 다룰 수 있습니다. 진짜 스승을 가려내는 법은 자신이 진짜가 되면 저절로 알 수 있습니다. 스스로 경전을 공부하고 기도하고 수행해서 진리의 가르침에 마음이 물들면, 스승의 한 걸음, 한마디 말에도 단박에 스승의 참된 모습을 알아볼 수 있습니다. 달을 본 사람이 달을 가리키는 손가락과 달의 차이를 너무도 쉽게 알 듯이 말입니다.

내 주머니에 든 것

한 수피가 어느 도시를 걸어가는데 사람들이 욕을 퍼부어댔다.

수피는 그저 그들의 이름으로 기도할 뿐이었다.

그 모습을 보고 누군가 물었다.

"저들에게 아무런 분노도 안 느끼십니까? 도리어 저들을 위해 기도하시다니요."

수피가 대답했다.

"나는 다만 내 주머니 속에 있는 것만을 줄 뿐이오."

나의 마음 주머니에 무엇이 들어 있나 살펴보게 하는 이야기입니다. 좋은 마음, 미소, 연민, 기쁨, 이런 것들도 있고 때로는 분노, 짜증, 괴로움, 못마땅함도 올라옵니다. 과연 언제쯤 이유 없이 욕을 퍼붓는 사람들 속에서도 연민의 기도만 마음 주머니에 담을 수 있을까요? 그날은 멀게 느껴지고, 아직 나의 주머니에 부정적 마음 조각들이 많다 해도 너무 실망할 필요는 없습니다. 꾸준히 마음을 지켜보며 닦아나가는 동안 연민과 축복으로 마음 주머니가 밝아지면서 부정적인 마음 조각들도 환한 모습으로 변형될 수 있습니다.

사막을 건너는 법

한 무리의 사람들이 먼 여행을 떠났다. 그들은 사막 한가운데에서 맨발에 모자도 안 쓴 수피를 만났다. 수피는 이렇게 노래를 부르며 그냥 걸어가고 있었다.

"난 낙타에게 짐 지우지도 않고
내가 질 짐도 없어라.
난 지배받지도 지배하지도 않지.
옛날에도 지금도 앞으로도 걱정하지 않는다네.
난 넉넉히 숨쉬고 사노라."

일행 중 낙타를 타고 가던 한 장사꾼이 수피에게 돌아오라고 외쳤다. 그러지 않으면 필경 고생을 하다 먹을 것이 없어서 죽게 된다고 소리쳤다. 그러나 수피는 그의 말에 아랑곳하지 않고 사막의 언덕을 넘어 앞으로 사라져 갔다.
많은 어려움 끝에 일행이 오아시스에 도착했을 때 그 장사꾼은 죽고 말았다. 그보다 앞서 오아시스에 도착한 수피가 장사꾼의 주검을 보고 노래했다.

"나는 내 고난을 짊어지고도 살았는데
그대는 낙타를 타고도 죽었구나."

사막을 건널 때는 지도가 아니라 나침반이 필요합니다. 인생이란 길도 탄탄대로가 아니어서 누구나 사막을 만날 수 있습니다. 인생 사막을 건널 때도 나침반에 해당하는 방향성이 필요하고, 한 걸음씩 내디딜 수 있는 용기도 필요합니다. 낙타를 타고 간 장사꾼은 죽고 맨발로 사막을 건넌 수피는 살아남은 것과 같이, 인생 사막에서도 누가 언제 죽을지는 알 수 없습니다. 그러니 "넉넉히 숨쉬고 사노라."라고 노래한 수피처럼 걱정 대신 모든 것을 생명의 근원에 내맡기며 주어진 여정을 걸어가도 괜찮을 것 같습니다.

어떻게 배울 것인가

어떤 이가 수피에게 물었다.

"당신은 스승을 어떻게 모셨기에 후계자가 될 수 있었습니까?"

수피가 말했다.

"스승은 내게 가르치고자 하는 바를 가르치셨고 나는 그걸 배웠을 뿐이네. 스승께서 말씀하셨지. '나는 너희들을 다 똑같이 가르칠 순 없다. 어떤 제자는 묻기만 하고, 또 어떤 제자는 면담만 청하며, 또 다른 제자는 이론 세우기에만 급급하다. 그런 제자들은 자신들이 이미 알고 있는 바를 반복해서 배울 따름이지.' 그래서 내가 스승님께 말씀드렸지. '스승님께서 하실 수 있는 바를 제게 가르쳐주십시오. 그리고 제가 어떻게 가르침을 받아야 하는지 말씀해주십시오.' 이것이 바로 내가 스승의 후계자가 될 수 있었던 까닭이네."

사람들의 눈높이에서 보는 나무는 그 나무의 본래 모습이거나 전부라고 말할 수 없습니다. 사람들이 보는 것은 고작 나무의 옆모습일 뿐이고, 어두운 땅속으로 뻗어 나간 뿌리나 하늘에서 내려다보이는 모습은 볼 수 없습니다. 하지만 스승은 전체 모습을 꿰뚫어 보는 앎을 지녔으니 그가 주는 가르침을 겸허히 받아야 합니다. 자신이 아는 것만 반복해서 배우면 답습일 뿐이고, 자신을 비워서 스승이 주는 것을 받으면 배움이 되고, 배운 것을 넘어서 자신 속에 진리가 피어나면 '청출어람'이 될 것입니다.

사막 교부,
청빈으로 섬긴
하늘

사막의 수도자가 사는 법

어느 형제가 고요히 수행하는 교부를 찾아와 물었다.

"수도자는 독방에서 어떻게 살아야 합니까?"

교부가 대답했다.

"독방에서 사는 것은 겉으로 보면 손노동을 하고 식사는 하루 한 끼만 하며, 침묵을 지키고 기도를 드리는 것이 전부라네. 하지만 독방에서 이루어지는 내적인 진보는 그것만이 아니라네. 늘 자신의 부족함을 살피고, 하느님을 섬기는 시간을 준수하며, 밖으로 드러나지 않은 잘못에 대해서도 주의를 기울여야 하네. 만일 손노동을 하지 않는 시간이 생기면, 하느님의 일을 수행하며 고요히 그것을 완성해야 하네. 또한 그대 주변에서 사는 착한 형제들을 사랑하게나. 고약한 이들과는 함께 있지 않도록 피해야 하네."

풀 한 포기 나지 않고 물도 없는 사막, 모래바람만 날리는 극단의 환경을 스스로 찾아간 이들이 사막 교부들입니다. 그 옛날 가장 황량하고 외딴 곳에서 그들이 하루 한 끼와 노동이라는 고난의 삶을 자처한 까닭은 오로지 하느님만 섬기고자 함이었습니다. 신과 자신의 순수한 관계에 아무것도 끼어들지 못하도록 모든 것을 비워낸 구도의 삶. 그분들의 상당수는 그렇게 살다가 아무도 모르는 채 사막에서 죽어 갔을 겁니다. 그분들의 삶과 가르침이 그대로 사막에 묻히지 않고 1600년을 지나 우리에게까지 전해진 힘은 무엇이었을까요? 어쩌면 사막의 독방은 신께 주파수를 맞춘 지상의 안테나였고, 독방의 은수사(隱修士)들은 신의 말씀을 온몸으로 울려주는 스피커였는지 모릅니다. 그처럼 근원에 연결된 존재들의 가르침이기에 지금도 시간과 공간을 뛰어넘어 울려 오고 있습니다.

은둔하고 침묵하고 기도하라

아직 관저에서 지내고 있을 당시, 아르센 교부는 주님께 이렇게 기도했다.

"주여. 저를 구원의 길로 이끌어주소서."

어느 날 한 목소리가 들려왔다.

"아르센아, 사람들을 피해라. 그러면 너는 구원을 받을 것이다."

고독한 삶으로 물러난 후에도 같은 기도를 하던 그는 다시 그 목소리를 듣게 되었다.

"아르센아, 사람들을 피하고, 침묵하며, 항상 기도하여라. 그 것이 죄를 없애는 근원이니라."

영화 〈위대한 침묵〉(2005년)이 떠오릅니다. 이 영화는 알프스 기슭 봉쇄 수도원의 깊은 침묵과, 밖에서 자물쇠를 잠그는 독방에 들어가 평생을 기도와 묵상으로 보내는 수도자들의 삶을 있는 그대로 보여주었습니다. 인터넷에 접속만 하면 세상 모든 것을 보고 즐길 수 있는 이 시대에도 외딴 수도원의 지붕 밑에는 서로 얼굴조차 마주치지 않고 내적 고요 속에 살아가는 수도자들이 있다는 것이 놀라웠습니다. 그처럼 침묵을 따르면 구원에 다다른다고, 사람들 속에서는 영혼의 길을 잃기 쉬우니 내적으로 고요하라고, 하늘의 목소리가 거듭 일러줍니다.

무엇이 선행인가

한 수사가 교부에게 물었다.

"제가 어떤 선행을 해야 하겠습니까?"

교부가 대답했다.

"무엇이 선행인지는 주께서 아시지. 하지만 한 위대한 교부께서는 모든 행동이 다 똑같지 않느냐고 말씀하셨네. 성서에 이르기를 '아브라함은 친절하였다. 그러므로 하느님께서 그와 함께 계셨다. 다윗은 겸손하였다. 그러므로 하느님께서 그와 함께 계셨다. 엘리야는 내적 평화를 사랑하였다. 그러므로 하느님께서 그와 함께 계셨다.'라고 했으니 말이네. 그러니 하느님의 뜻에 따라 그대 영혼이 원하는 바를 알아 행하며 자신의 마음을 지켜 가게나."

뜨겁고 메마른 사막에서 기도와 노동의 생활을 감당하며 그 옛날 수도자들이 품었던 단 하나의 질문은 "어떻게 하면 제가 구원받을 수 있겠습니까?"였습니다. 그런 구원의 길을 묻는 제자의 질문에 스승은 친절하여도, 겸손하여도, 내적 평화를 지켜도 다 구원에 이를 수 있다고 답합니다. 하늘의 뜻에 따라 자신의 영혼이 원하는 것이기만 하다면 말입니다. 하늘의 도리에 어긋나지 않아 세상에 도움이 되고, 자신의 영혼이 원하고 기뻐하는 일이면 무엇이든 참된 길이 된다는 것입니다. 누구나 참된 길을 걸을 수 있다고 마음의 길을 크게 열어주는 이야기입니다.

수도자가 된 세 친구

하느님의 말씀을 따르고자 하는 세 친구가 수도자가 되었다. 그중 한 친구는 "평화를 위하여 일하는 사람은 행복하다."라는 말씀을 따라 분쟁 중인 사람들을 화해시키는 일에 자원하였다. 다른 한 친구는 병자들을 돌보는 일을 택했고, 마지막 친구는 홀로 은거하며 내적 고요를 실천하기 위해 사막으로 떠났다.

얼마 지나 첫째 친구는 사람들의 싸움에 지쳐 기진맥진한 상태가 되었다. 그는 낙담해서 병자들을 돌보는 두 번째 친구에게 갔다. 그런데 그 친구 역시 말할 수 없이 지쳐 있었다. 두 친구는 은수자가 된 세 번째 친구는 어떤지 궁금해서 그를 만나러 갔다. 두 사람은 자신들의 힘겨움을 말해주며, 은수자가 된 친구에게는 어떤 일이 일어났는지 이야기해 달라고 청했다.

은수자 친구는 잠시 침묵을 지킨 후, 잔 하나에 물을 채웠다. "이 물을 보게."

물은 흐려 있었다. 잠시 뒤에 그가 다시 말했다.

"이제 이 물이 얼마나 맑아졌는지 다시 보게."

두 친구가 물을 들여다보니 도로 맑아져서 자신들의 얼굴을 거울에 비춘 듯 볼 수 있었다. 은수자가 된 친구는 조용히 말했다.

"사람들 가운데 사는 사람은 아까 본 흐린 물처럼 혼탁함으로 인해 자신의 허물을 볼 수 없다네. 하지만 그가 내적 고요를 지키며 사막에서 산다면 자신의 잘못을 깨닫게 되는 법일세."

세 수도자 모두 진리를 따르는 마음을 지녔지만 선택한 길에 따라 마음이 달라졌습니다. 사람들을 화해시키는 일과 병자 돌보는 일을 선택한 두 친구가 지친 마음으로 찾아갔을 때, 은수자 친구는 혼탁한 물로 내면이 흐려진 상태를 보여줍니다. 처음에는 친절과 자비의 맑은 마음으로 좋은 일을 시작하더라도 사람들의 이기심이나 고통을 계속 접하면서 마음이 흐려질 수 있다는 비유입니다. 틱낫한 스님도 그와 같은 이유로 봉사 활동 단체 청년들에게 깨어있는 마음을 수행하도록 당부했습니다.

"깨어있는 마음의 수행 없이는 일거리와 걱정거리로 가득 찬 생활 속에서 어쩔 수 없이 자신을 잃어버리게 될 것이며, 그들의 봉사 활동은 점차 의미를 잃어버릴 것입니다."

갈대처럼 흔들리는 마음

한 교부가 수사들과 길을 가다가 갈대들이 바람에 흔들리고 있는 곳에 이르렀다. 교부는 그 모습을 가리키며 수사들에게 물었다.

"무엇이 저렇게 흔들리고 있는가?"

"갈대입니다."라고 수사들이 대답하자 교부가 말했다.

"침묵의 기도 속에 살고 있는 누군가에게 작은 새의 지저귐이라도 들리면, 그의 마음은 더는 이전과 같은 평화를 경험할 수 없게 된다네. 하물며 그대들이 저 갈대의 출렁임을 듣고 있다면 어찌 되겠는가."

"내 마음은 언제 고요해질 수 있을까요?" 누군가 제게 물었습니다. 그 질문에 저는 이렇게 되물었습니다. "바다에 파도 없기를 바랄 수 있을까요?"

《티베트의 즐거운 지혜》를 쓴 욘게이 밍규르 스님은 사람의 마음에는 늘 파도가 일어나니 파도를 없애려 하거나 그에 휩쓸리기보다는 파도 타기를 배우는 것이 지혜로운 일이라고 말합니다. 그런데 이 사막의 스승은 파도타기를 넘어서 바다의 심연으로 내려가라고 권합니다. 갈 대처럼 흔들리는 마음을 다잡아, 한 마리 새의 지저귐도 들리지 않는 내적 고요를 향한 완전한 몰입의 길을 가리킵니다. 누구나 몇 번쯤 경험한 적이 있는 깊은 고요를 향하게 합니다.

쉴 새 없이 나눈 이야기

이집트 스케티스 지방의 몇몇 수사들은 다른 데 살고 있는, 스승으로 널리 존경받는 교부를 만나고 싶었다. 그들은 교부를 방문하기 위해 배를 탔는데, 그 배에는 그들과 마찬가지로 존경받는 교부를 찾아가는 다른 교부도 타고 있었다. 그 사실을 전혀 모르는 채로 수사들은 배의 여기저기에 앉아 쉴 새 없이 이야기를 나누었다. 교부들의 금언, 성서, 그리고 자기들의 손노동에 관한 이야기를 서로 늘어놓았다. 배에 탄 교부는 아무 내색 없이 침묵을 지켰기에, 수사들은 항구에 도착해서야 그 어른도 존경받는 교부에게 가는 길임을 알게 되었다.

그들이 거처에 도착하자 존경받는 교부는 수사들에게 인사를 건넸다.

"자네들은 오는 동안 이 어른의 인품에서 많은 걸 배울 수 있었겠군!"

그리고 그 교부에게도 경의를 표하며 인사를 했다.

"스승님, 착한 수사들과 함께 계셨군요."

사막 교부는 담담하게 대답했다.

"그럼요, 좋은 수사들이지요. 그런데 그들의 거처에는 문이 없어요. 원하는 자는 누구나 외양간에 들어가서 당나귀를 풀어 데려가지요."

가까운 사람과 만나서 이 얘기 저 얘기 하며 속에 있는 말을 다 털어놓으면 후련한 기분이 들기도 합니다. 그런데 요점 없이 풀어내는 수다는 배울 만한 지혜도 없고 인간관계를 진실하게 가꿔주는 통로도 되지 못합니다. 할 말 못 할 말 다 늘어놓는 것을 보고 이 교부는 '거처에 문이 없다'고 했습니다. 문이 없는 거처. 아무나 들어오고 무엇이든 다 가져갈 수 있는 곳에는 소중한 것을 간직할 수 없습니다. 깊이 간직하고 키워 가야 할 무엇을 말 속에 무심히 쏟아버리지 않았나 돌아보게 됩니다.

빵을 훔쳐 먹은 수사

한 젊은 수사가 스승인 교부와 함께 살았다. 둘은 같이 식사를 했는데, 언제부터인가 젊은 수사는 빵 한 쪽을 스승 몰래 훔쳐 은밀히 먹게 되었다. 그는 점점 자제력을 잃고 훔쳐 먹는 게 버릇이 되어 한동안 그런 행동을 반복했다. 양심의 가책을 느끼면서도 감히 스승에게 말하지 못했다.

어느 날 다른 수사들이 영혼의 말씀을 듣기 위해 스승을 찾아왔다. 젊은 수사는 다른 수사들이 질문하고 자기 스승이 대답하는 내용을 듣게 되었다. 스승은 이런 말을 해주었다.

"수도자들이 자신의 생각을 영적 아버지에게 숨기는 것은 악이 가장 즐거워하는 일이며, 이는 수도자들에게 다른 무엇보다도 해로운 일이라네."

그러고 나서 스승은 금욕에 대한 이야기를 이어 갔다.

젊은 수사는 그들의 대화를 들으며 뉘우침에 사로잡혀 울기 시작했다. 그는 몰래 가지고 있던 빵을 호주머니에서 꺼내놓고 스승 앞에 엎드려 지난 일에 대해 용서를 빌었다. 그리고 스승에게 앞으로 자신을 지킬 수 있도록 기도해 달라고 간청했다.

그러자 교부가 말했다.

"이보게, 자네의 고백이 그 노예 상태에서 자네를 해방시켰네. 그동안 자네의 마음을 어둡게 지배하던 악을, 지금 자네의 고백으로 이기게 되었네. 여태까지 자네는 제대로 저항하지 않으면서 악한 마음이 자네를 지배하도록 내버려 두었지만 이제부터는 악이 자네 마음을 차지하지 못할 걸세. 그놈이 자네 마음에서 분명히 빠져나왔으니 말일세."

스승 교부가 말을 마치기도 전에, 그 말이 눈에 보이는 사실로 드러났다. 일종의 불길 같은 것이 젊은 수사의 가슴에서 빠져나오더니 온 집안을 악취로 채웠다. 많은 유황을 태운 것처럼 심한 악취였다. 스승이 다시 조용히 말했다.

"이보게. 하느님께서 내 말과 자네 해방이 진실하다는 것을 방금 보여주셨네."

젊은 수사는 수도 생활을 하고자 기꺼이 사막으로 갔던 만큼 충분히 영적이고 금욕적인 사람이었을 것입니다. 다만 한순간 나약하고 못난 마음에 휘둘려 훔쳐 먹는 버릇이 들었습니다. 스승은 나무라지 않고 기다렸다가 스스로 잘못을 고백할 계기를 마련해줍니다. 진리를 몸으로 실천하며 살아가는 스승의 모습이 오롯이 드러납니다. 한편 이 이야기에서 젊은 수사의 마음에서 부정적인 에너지가 빠져나올 때 기이하게도 유황을 태운 듯한 악취가 났다고 하는데, 반대로 영적으로 충만한 사막 교부나 스님들이 죽음을 맞이할 때는 아름다운 향기가 풍겼다는 기록도 많습니다. 마음은 볼 수 없다지만 이렇게 악취나 향기로 그 모습이 드러나기도 합니다.

유혹에 넘어가지 않은 은수자

사막에서 진실하게 은수자 생활을 하던 교부가 대도시인 알렉산드리아의 주교를 방문하게 되었다. 교부가 일을 마치고 돌아오니 수사들이 그에게 큰 도시에 관해서 물었다.

교부가 대답했다.

"형제들이여, 나는 거기서 주교님 외에는 아무도 보지 못했네."

그 대답을 들은 수사들은 깜짝 놀라 물었다.

"도시 사람들이 다 죽어버렸다는 말입니까, 스승님?"

교부는 고개를 저으며 다시 말했다.

"그런 말이 아닐세. 내가 거기 사람들을 쳐다보고 싶은 유혹에 넘어가지 않았다는 말이지."

사막의 스승은 대도시를 방문하면서도 호기심으로 두리번거리지 않았습니다. 사람들을 쳐다보고 싶은 마음을 유혹으로 간주하고 시선을 거두어 아무도 보지 않고 사막으로 돌아갔습니다. 오로지 신께 고정된 마음, 그 내적 고요를 잃지 않기 위해서였습니다. 눈은 좋게는 세상을 담는 그릇이고, 나쁘게는 욕망이 시작되는 창입니다. 외부의 것에 눈을 돌릴수록 욕망의 파도가 거세질 뿐이니, 시선을 안으로 돌려마음을 지켜봐야 한다는 것을 이 스승에게서 배웁니다.

한 채의 무너진 집

한 수사가 교부에게 물었다.

"만일 수도자가 유혹에 넘어간다면, 그는 진보의 길에서 벗어나 추락한 셈이니 고뇌가 무척 클 것입니다. 웬만큼 애써서는 다시 일어서기 어렵겠지요? 그와 반대로 막 세속에서 온 사람은 처음부터 출발하는 것이니 줄곧 진보할 것 같습니다."

교부는 고개를 저으며 그에게 대답했다.

"유혹에 넘어간 수도자는 말하자면 무너진 집과 같다네. 잘 생각해보면 그 무너진 집을 재건할 수 있지 않겠나? 땅과 석재, 목재 같은 많은 재료를 거기서 발견할 수 있으니 말일세. 게다가 집짓기를 위해 터를 파거나 기초 공사를 해본 경험이 있으니 더 빨리 진보할 수 있다네. 필요한 재료 하나 없이 언젠가 완성되기를 희망하며 처음 작업을 시작하는 사람보다는 말일세.

수도자의 일은 그와 같다네. 유혹에 넘어갔더라도 다시 하

느님을 향해 고개를 돌리면, 일에 착수할 수 있는 확실한 준
비가 되는 셈이라네. 하느님의 말씀에 대한 묵상, 시편 낭송,
손노동, 기도, 모든 것이 기초를 다지는 데 사용되지. 처음
시작하는 지원자가 힘겹게 여러 가지를 배우는 동안, 수도자
는 그렇게 함으로써 자신의 이전 위치를 회복할 수 있는 거
라네."

노력하고 애쓰다가도 잘 안 되면 어느 순간, "나는 틀렸어.", "안 되
나 봐." 하며 좌절감에 주저앉게 됩니다. 포기하고 싶은 마음은 일종
의 유혹이며, 자신을 스스로 무기력하게 만드는 기묘한 마음 상태입
니다. 질문하는 수사처럼 사막의 수도자들 역시 몇 번 무너지고 다시
몇 번 일어서며 구도의 삶을 일구어 갔습니다. 낙담해 있는 제자에게
다시 시작할 수 있는 자원이 충분하다는 것을 일깨워주는 스승들 덕
분이었을 겁니다. 몇 번 무너졌느냐가 아니라 그 무너진 집에서 어떤

건축 자재를 발견하느냐가 관건입니다. 산산이 부서진 듯한 절망감이 들더라도 이미 가꾸어 온 것을 찾아냄으로써 다시 일어설 수 있습니다.

그깟 오이 하나

늘 자기 마음을 살피며 지내던 한 교부가 여행을 하게 되었다. 가다가 피곤해져서 식사를 하려고 어느 오이밭에 가까이 앉았다. 그런데 불쑥 이런 생각이 올라왔다.

'오이를 하나 따서 먹을까? 오이 하나 먹는 게 뭐 대수라고.'

교부는 자신의 마음속에 일어난 생각에 이렇게 답했다.

'도둑놈들은 형벌을 받는다. 그러니 네가 그 형벌을 견딜 수 있는지 너 자신을 시험해보아라.'

그러고는 일어나서 닷새 동안 쩅쩅 내리쬐는 햇볕 아래 서 있었다. 햇볕에 온몸이 타서 견딜 수 없을 지경이 되자 그는 스스로에게 말했다.

"어이구! 아냐, 난 이 형벌을 견딜 수 없어. 이걸 참을 수 없다면 훔치지도 말고 먹지도 말아야 해."

행동에 옮긴 것도 아니고, 말로 표현한 것도 아니고, 단지 생각이 들었을 뿐인데, 닷새를 뙤약볕에서 스스로 고행을 하다니 어지간히 융통성도 없어 보입니다. 일반적인 도덕 기준으로는 설령 잘못된 생각을 했더라도 그 자리에서 반성하고 툭툭 털고 지나가면 충분한데 말입니다. 사막 교부들은 영혼의 타락을 조금도 용납하지 않았기에 자신과 이렇게 치열한 싸움을 벌였습니다. 함부로 흉내낼 수 없는 이런 우직함이 인간의 정신성을 눈처럼 깨끗하게 지켜 온 것은 아닌지, 이분들의 분투가 인류의 영성을 지켜주는 등불은 아니었는지 생각하게 됩니다.

고통 속의 절실함

어느 위대한 교부의 제자가 잘못된 유혹에 빠져 내적 고통을
겪고 있었다. 괴로워하는 그를 보고 스승이 말했다.

"괜찮다면 내가 하느님께 청해서 그 싸움이 자네에게서 멀어
지도록 해주겠네."

그러나 제자는 공손히 대답했다.

"스승님, 제가 고통 속에 있음을 잘 아오나, 그 고통으로 인
해 제 안에 절실함이 생겨나는 것도 느낍니다. 그러니 그것
을 없애기보다 제게 견딜 수 있는 힘을 주시도록 하느님께
기도해주십시오."

그 말을 듣고 스승이 놀라워하며 말했다.

"이보게, 이제 보니 자네가 대단히 진보하여 이미 나를 앞질
러버렸네그려."

내적 고통, 마음의 괴로움은 견디기 힘든 스트레스로 다가오기에, 사람들은 어떻게든 고통을 없애려고 합니다. 그런데 이 수도자는 고통을 없애는 대신 견디는 힘을 요청합니다. 불길로 제련하여 순도 높은 황금을 얻듯이 고통의 불길 속에서 영혼의 연금술을 이루려 합니다. 참된 수도자의 마음에 가슴이 뭉클합니다. 고통은 때로 희망보다 깊게 삶을 가르칩니다. 고통을 다 통과하고 그 고통을 넘어선 영혼은 새로운 차원으로 변형됩니다. 스승을 넘어 진보하는 사람, 그리고 다른 이의 고통을 어루만지고 치유해주는 사람이 됩니다.

금화 한 닢

이집트의 어느 사막에 말할 수 없이 착하고 순결한 마음을 지닌 교부가 살고 있었다. 하루는 일감으로 쓸 아마포를 사기 위해 어느 수사에게 금화 한 닢을 빌렸다. 얼마 지나자 그 수사가 금화 한 닢을 갚아 달라고 했다. 교부는 돈이 없었으므로 수도원의 경리를 보는 교부에게 가서 갚을 돈을 좀 달라고 할 참이었다. 그런데 가는 도중에 마침 금화 한 닢이 땅에 떨어져 있는 것을 보았다. 하지만 그는 그것에 손대지 않고 기도하면서 자기의 독방으로 돌아왔다.

그 수사가 다시 와서 돈을 달라고 조르자, 교부는 다시 길로 나갔다. 금화 한 닢은 여전히 그 자리에 그대로 있었다. 하지만 그는 또 돈을 줍지 않고 기도하면서 자신의 독방으로 돌아왔다. 그 수사가 다시 와서 졸라댔다. 교부는 그에게 말했다.

"이번에는 꼭 자네에게 가져다주겠네."

다시 길을 나서서 같은 자리에 가니 금화는 여전히 그 자리

에 있었다. 그는 기도를 한 후 금화를 집어 들고 경리를 보는
교부에게로 갔다.

"스승님, 당신을 보러 오는 길에 이 돈을 주웠습니다. 그러니
누가 잃어버린 것은 아닌지 이 근방의 형제들에게 물어봐주
십시오. 만약 임자가 나타나면 그에게 주십시오."

경리 담당 교부는 사흘 동안 그 금화를 알리며 다녔지만 돈
을 잃어버린 사람을 찾지 못했다. 그러고 나서야 순결한 마
음을 지닌 교부가 말했다.

"잃어버린 사람이 아무도 없다면, 이제 그걸 내가 금화 한 닢
을 빚진 형제에게 주시기 바랍니다. 사실은 그 빚을 갚으려
고 당신에게 도움을 청하러 오는 길에 금화를 발견한 것이었
습니다."

누군가에게 만 원을 빚졌는데 우연히 만 원을 줍는다면 어떻게 할까 생각해봅니다. 사람들은 운이 좋다고 여기며 주워서 자기 돈처럼 쓸지 모릅니다. 그런데 이 교부는 금화 한 닢을 줍기까지 세 번을 돌아갔을 뿐 아니라, 주워서도 주인을 찾아 달라고 경리 사제에게 가져다줍니다. 금화 한 닢이 그리 대단한 돈은 아닐 겁니다. 하지만 그것을 취하지 않는 무욕의 마음은 대단한 것입니다. 그 마음이 진정한 수도자의 내면을 드러내주고 더욱 순수하게 만들어줍니다. 욕심에서 벗어난 사람, 소유를 즐거워하지 않는 사람의 가슴이라야 진리의 빛이 맑게 흘러나옵니다.

70년 수도복을 입고도

홀로 독방에서 은수자 생활을 하던 한 수도자가 마음의 평
화가 흔들리자 어느 교부에게 찾아가 자신의 혼란스러움을
털어놓았다. 교부가 그에게 말했다.

"자, 자신의 열망에 좀 더 겸손해지게. 순명하는 마음으로 다
른 형제들과 함께 살아보게."

얼마간 지낸 후 그 수도자는 다시 교부를 찾아왔다.

"형제들과 더불어 살아보아도 역시 평화를 얻지 못했습니
다."

"혼자 살아도, 형제들과 더불어 살아도 평화를 얻지 못한다
면, 대체 자넨 왜 수도자가 되었나? 고통을 참기 위해서가
아니었나? 말해보게. 몇 년이나 수도복을 입고 있었나?"

"8년입니다."

교부는 그를 보며 말을 이었다.

"나는 70년 동안 이 옷을 입고 있었지만, 어느 하루도 고통
을 참지 않은 날이 없었다네. 자네는 8년 만에 평화를 얻기

바라는 겐가?"

모든 것을 버릴 만큼 치열했던 사막 수도자들의 삶도 그리 녹록치 않았던 모양입니다. 수도 생활을 70년이나 해 온 스승이 하루도 고통을 참지 않은 날이 없다고 고백하니 말입니다. 신과 함께하는 평화에 완전히 잠기기 전까지 구도의 나날은 자신의 욕망에서 오는 괴로움, 타인과 부딪히면서 겪는 괴로움을 참고 견디는 여정인가 봅니다. 이를 위해서 '겸손'해지고 '순명'하는 삶을 살라고 스승은 일러줍니다. 겸손한 마음으로 남이 아닌 자신의 허물을 보고, 순명으로 기꺼이 하늘이 이끄는 대로 산다면 진리의 언덕을 오를 수 있다는 말씀입니다. 고통은 인생의 방문객입니다. 그를 맞이하여 겸손으로 견디면 진리에 한 걸음 더 다가갈 수 있을 것입니다.

고난이 주는 보상

어느 교부가 사막의 외딴곳에서 살고 있었다. 그의 독방은 너무 외따로 있어서 물을 길으려면 20킬로미터나 멀리 떨어진 곳까지 가야 했다. 하루는 거기까지 갈 힘이 없어서 혼자 중얼거렸다.

"왜 이렇게 스스로 피곤하게 사는 거지? 그냥 물이 있는 근처로 가서 살아야겠어."

그 말을 한 후 뒤돌아보니 누군가가 따라오며 그의 걸음 수를 헤아리고 있었다. 교부는 의아한 표정으로 물었다.

"그대는 누구시오?"

"나는 주님의 천사랍니다. 주님께서 그대의 걸음 수를 헤아려 그에 맞는 상을 주라고 나를 보내셨습니다."

그 말을 들은 교부는 큰 기쁨을 느끼며 위로를 받았다. 더욱 힘이 난 그는 물에서 더 멀리 떨어진 곳으로 독방을 옮겼다.

먹고 씻는 데 필요한 물을 20킬로미터나 가서 길어와야 했다니, 옛날 교부들의 삶은 무척 힘겨운 고행으로 여겨집니다. 그런데 왜 주님은 천사를 보내 걸음 수만큼 상을 주려 했을까요? 아픔을 참으며 귀한 진주를 품고 키워내는 진주조개처럼 고난을 감내하고 헌신했던 사막 수도자들의 가슴에 신의 사랑이 잘 간직되었기 때문인지 모릅니다. 지금도 어느 골목길에서 불편과 힘겨움을 등짐처럼 지고 묵묵히 걷는 사람들 뒤에 그 걸음수를 기쁘게 헤아리는 천사들이 따라오고 있을지도 모릅니다.

불모지를 다시 일구는 용기

사막의 수도원에 살던 어느 수사가 마음이 해이해져, 수도원 규율을 지키지 못한 채 지내고 있었다. '과연 예전의 나로 돌아갈 수 있을까.' 하는 절망감에 사로잡혀, 수도자로서 삶을 회복할 용기를 내지 못했다. 그러다 한 스승을 찾아가 자신의 상황을 고백하였다. 그의 사정을 알게 된 교부는 이런 이야기를 들려주었다.

"어떤 사람이 땅을 갖고 있었는데, 돌보지 않아 잡초투성이의 불모지가 되고 말았다네. 그 땅을 다시 경작해보려고 아들을 보내 그 땅을 일구라고 했지. 아들이 가보았더니 온통 엉겅퀴와 잡풀만 무성하여 낙담이 되지 않았겠나? 아들은 도저히 일할 엄두가 나지 않아 땅에 누워 잠이나 자며 며칠을 보냈다네.

아버지가 와서 아들이 전혀 땅을 일구지 않은 것을 보고는, 왜 아직까지 아무 일도 안 했는지 물었다네. 아들이 대답했지.

'아버지, 여기 와서 잡초만 무성한 것을 보고는 너무 막막해서 시작조차 할 수 없었어요. 낙심하여 그냥 땅에 누워 잠이나 자고 말았어요.'

'그랬느냐. 그러면 네가 누워 있던 자리만큼씩이라도 매일 땅을 일구어보거라. 그렇게 조금씩 일한다면 용기를 잃지 않고 해 나갈 수 있을 게다.' 아버지는 그렇게 아들을 달랬다네. 젊은이는 아버지가 시키는 대로 일을 해보니 크게 어렵지 않아서 조금씩 그 땅을 경작할 수 있었네. 그렇게 해서 얼마 지나지 않아 그 땅 전체를 일굴 수 있게 되었지.

형제여, 자네도 이와 같이 조금씩 해보게. 그러면 낙담에 빠질 일이 없을 테니까. 하느님의 은총으로 자네의 이전 상태를 회복하게 될 걸세."

수사는 교부의 말에 용기를 내어 인내심을 갖고 꾸준히 실천하여 드디어 은총 속에 평화를 얻게 되었다.

삶을 회복하는 용기가 필요할 때, 불모지처럼 황폐한 고난의 한가운데 자신이 내던져진 것 같을 때, 이렇게 해보면 다시 일어설 수 있겠습니다. 너무 먼 목표를 보지 말고 매일 한 뼘씩만 원하는 방향으로 움직여보는 것입니다. 오늘 내가 있는 그 자리만큼만 잡초를 뽑고 돌을 골라내는 심정으로 바꾸어봅니다. 아주 작은 용기와 인내심으로 날마다 조금씩 일구어 가듯 말입니다. 사막의 스승들이 그렇게 무너진 영혼을 일으켜 빛 속으로 들어갔듯이, 작지만 꾸준한 걸음으로 누구나 희망의 땅에 다시 들어갈 수 있습니다.

황금이 든 바구니

어느 부유한 사람이 자선하려는 마음으로 은수자들이 살고 있는 스케티스에 황금을 가지고 왔다. 그는 황금을 수도자들에게 나누어주도록 사막의 스승에게 청했다.

교부는 간단히 대답했다.

"수도자들에게는 그런 게 필요 없습니다."

아무리 간청해도 교부가 받아주지 않으니, 자선가는 황금이 든 바구니를 성당 입구에 가져다놓았다. 그러자 교부는 모두에게 알렸다.

"이것이 필요한 사람은 아무나 가져가도 좋습니다."

하지만 누구도 그 황금에 손대지 않았다. 심지어 어떤 수도자들은 쳐다보지도 않고 지나다녔다. 마침내 교부가 그 자선가에게 말했다.

"당신의 헌납을 하느님께서 동의하셨습니다. 자, 이것을 가져다 가난한 사람들에게 주십시오."

그 부유한 사람은 깊은 깨달음을 얻고 떠나갔다.

황금 바구니를 가지게 된다면, 혹은 수억 원의 복권에 당첨된다면, 어떤 불행도 없이 즐겁고 행복한 삶만 이어질 것 같습니다. 하지만 황금이나 복권으로 행복한 마음을 살 수 없으며, 더욱이 신의 사랑에 녹아든 수도자들의 마음, 그 빛나는 평화와 기쁨을 살 수는 없습니다. 부자 자선가는 황금을 들고 왔다가 정말 마음 부자인 수도자들을 보고 크게 깨달았습니다. 사막 수도자들의 가슴속에 이런 성경 말씀이 살아 흐른다고 느꼈을 것입니다.

"그러므로 내가 너희에게 이르노니, 너희는 무엇을 먹고 마시며 살아갈지, 또 몸에는 무엇을 걸칠지 걱정하지 마라. 목숨이 음식보다 소중하지 않느냐? 또 몸이 옷보다 소중하지 않느냐? 공중의 새를 보라. 그것은 씨를 뿌리지도 거두지도 곳간에 모아들이지도 않지만, 하늘에 계신 너희 아버지께서 기르시니, 너희는 새보다 훨씬 귀하지 않느냐?"
(마태오 6:25~26)

일곱 개의 관을 쓸 자격

사막의 어느 동굴에 교부와 그를 잘 따르는 수사 한 사람이 같이 살고 있었다. 이 스승은 저물녘이 되면 제자의 영혼을 위한 가르침을 베풀고 함께 기도를 한 후 제자가 잠자리에 들도록 했다.

하루는 믿음이 깊은 속인들이 스승을 찾아와서 그의 가르침을 받고 저녁 늦게 떠나갔다. 피곤했던 스승은 수사에게 가르침을 주다가 깜빡 잠이 들었다. 수사는 이어지는 기도를 드리기 위해 스승이 깨어나기를 참을성 있게 기다렸다. 오랫동안 참고 기다리려니 스승의 허락 없이 자러 가고 싶다는 생각이 불쑥 올라왔다. 하지만 참고 그 생각을 내려놓았다. 다시 자러 가고 싶다는 욕망이 일어났으나, 다시 그 생각을 물리쳤다. 그러기를 일곱 번 하는 동안 새벽이 밝아 왔다. 문득 잠이 깬 스승은 곁에 앉아 있는 제자를 보고 놀라서 물었다.

"자네, 여태껏 가지 않고 여기 있었던 겐가?"

"그렇습니다, 스승님! 당신께서 잠자리에 들어도 좋다고 허락하지 않으셨으니까요."

"나를 깨우지 그랬나?"

"스승님을 불편하게 할 것 같아서 깨우지 않았습니다."

두 사람이 함께 새벽 기도를 올린 후에, 스승은 제자를 보냈다.

혼자 남아 있던 스승은 신비한 무아경 상태에 들어 영광스러운 옥좌를 하나 보았는데, 그 위에 일곱 개의 관이 있었다. 스승이 그런 광경을 보여주는 존재에게 누가 쓸 관인지를 물으니 대답이 들려왔다.

"하느님께서 자네 제자에게 주시는 옥좌라네. 그의 행실은 이 일곱 개의 관을 쓸 만한 자격이 있으니."

그 말을 듣고 깜짝 놀란 스승은 제자를 불러 간밤에 무슨 일을 했는지 물었다. 제자는 아무 일도 한 게 없다고 했지만, 스승은 간밤에 행한 것이든 생각한 것이든 꼭 말하라고 일렀다. 제자는 대답했다.

"스승님, 죄송하지만 전 아무것도 하지 않았습니다. 자러 가고 싶은 생각이 일곱 번 일어났지만 당신께서 허락하지 않으셔서 가지 않았다는 것 외에는 말입니다."

사막의 어느 수도자는 9년간 매일 수도원을 떠나고 싶은 욕망에 시달렸다고 합니다. 그래도 밤이 되면 '내일 떠나야지.' 하며 참고, 아침이 되면 '주님을 위해 오늘 하루 더 견뎌보자.' 하며 9년을 살아내서 결국 평화로운 수도자가 되었습니다. 이처럼 인내는 수도자에게 영적 변화를 위해 아주 중요한 덕목이었습니다. 그런 까닭에 하룻밤 잠자고 싶은 욕망을 물리쳤을 뿐인데 하늘에서 영광스러운 옥좌와 일곱 개의 관을 상으로 주었습니다. 인내, 땅에서 견디면 하늘의 보상을 받는 일입니다.

명성을 피해 달아난 교부

한 고위 관리가 칭송이 자자한 모세 교부에 관한 이야기를 듣고, 그를 만나러 스케티스로 왔다. 고위 관리가 찾아왔다는 소식을 들은 교부는 부리나케 반대쪽으로 달아나려고 했다. 그 도중에 고위 관리의 수행원들과 마주치게 되었는데 그들은 이 교부를 알아보지 못하고 물었다.

"어르신, 모세 교부님의 독방이 어디 있는지 알려주세요."

그는 수행원들에게 이렇게 말하며 떠나갔다.

"여러분은 그에게 무엇을 바라십니까? 그는 어리석은 자일 뿐입니다."

고위 관리 일행은 성당으로 돌아와 수도자들에게 말했다.

"모세 교부님에 관한 명성을 듣고 그분을 뵈러 갔습니다. 도중에 이집트 쪽으로 가는 한 교부를 만나 모세 교부의 독방이 어디냐고 물었더니 그를 왜 찾느냐고, 그는 어리석은 자라고 말하더군요."

그 말을 들은 수도자들은 속상해하며 고위 관리에게 물었다.

"대체 어떤 교부길래 그 성인에 대해 그따위 말을 했을까
요?"

"그는 아주 낡아빠진 옷을 걸친, 몸집이 큰 흑인 원로였어
요."라고 방문자 일행이 답하자, 수도자들이 고개를 끄덕이
며 말했다.

"바로 그분이 모세 교부님이십니다. 그분은 여러분에게 자신
을 드러내 보이지 않으려고 그리 말씀하신 것입니다."

재물욕, 권력욕보다 더 질긴 것이 명예욕이라고 합니다. 《채근담》에도
"이욕의 해보다 명예욕의 해가 더 깊다."라고 했습니다. 에티오피아
출신이며 금욕적이고 겸손한 삶으로 추앙받았던 모세 교부는 명성의
위험성을 잘 알았기에 찾아오는 사람들을 피해 달아났습니다. 떠받들
어지는 일, 남들보다 우위에 올라 누리는 일은 자신의 그림자를 키우
고 교만함의 허물을 더하기 쉽습니다. 세상에서 할 일을 다 마치면 이

런저런 이름표를 떼고 자연인으로 돌아가도 괜찮습니다. 나무들이 열매를 다 떨구고 난 뒤에 겨울의 침묵으로 들어가듯이.

잎새와 열매

널리 존경받는 교부에게 누군가 물었다.

"무엇이 더 좋습니까? 육체 노동입니까, 아니면 영혼 돌봄입니까?"

교부가 대답했다.

"사람은 흡사 나무와 같은 존재라네. 육체 노동은 그 잎새이고, 영혼 돌봄은 열매라네. 그런데 성서에 따르면, '좋은 열매를 맺지 않는 나무는 다 찍어서, 불속에 던지실 것이다.'라고 했네. 그러니 분명한 것은 열매를 맺는 쪽으로 주의를 기울이는 것, 말하자면 영혼을 돌봐야 하는 것일세. 다만 잎새를 보호하고 아름답게 하는 일도 필요하지. 그것이 육체 노동이라네."

사막 교부들은 날마다 빨마 가지(대추야자 가지)로 바구니를 짜는 육체 노동과 기도로 살아갔습니다. 그 두 가지 중에서 영혼을 돌보는 일이 더 중요하다고 이 스승은 말합니다. 열매 맺는 나무와 같아지려면 영혼을 돌보아야 한다고 합니다. 또 다른 교부는 영혼을 돌보려면 어떻게 해야 하는지 다음과 같이 알려주었습니다.

"영혼의 돌봄은 곧 마음의 고요함, 많은 경전을 외는 기도, 다른 사람의 잘못이 아니라 자신의 잘못을 주목함이네. 만약 그런 일을 꾸준히 한다면 그의 영혼은 곧 열매를 맺게 되지."

마음에 드는 어른

한 수사가 덕이 넘치는 어느 교부에게 말했다.

"스승님, 저는 마음에 드는 어른을 찾아서 그분과 함께 살고 싶습니다."

"그것 참 좋은 생각이로군!"

수사가 자신의 말뜻을 이해하지 못하는 것을 보고 교부가 다시 말했다.

"그러니까 자네의 마음에 드는 어른을 찾아서 그와 함께 살 겠다는 말인가?"

"그렇습니다. 그게 제 뜻입니다. 제 마음에 드는 분을 찾아서 같이 살고 싶습니다."

"그렇다면 그 어른의 뜻을 따라 살려는 게 아니라, 그분이 자네의 뜻을 따라 살게 함으로써 그 곁에서 휴식을 찾겠다는 말이 아닌가?"

그제서야 교부의 말뜻을 이해한 수사는 부끄러운 마음으로 엎드려 절하였다.

"저를 용서해주십시오. 아무런 선함이 없으면서 자신이 선한 말을 하는 것으로 여기고 있었으니, 제게 우쭐한 마음이 있었나 봅니다."

스승과 제자, 특히 영적 사제 관계가 어떠한 것인지 생각하게 됩니다. 이제 막 구도의 길에 들어선 제자는 깊은 안목이 열리지 못한 탓에 자신이 아는 만큼만 볼 수 있습니다. 그러니 고독과 금욕 속에서 오로지 신만 바라보며 영혼의 불꽃을 피워 올린 스승의 내면을 알아볼 수 없습니다. 그런 자신의 눈높이에서 마음에 드는 스승을 찾으려 하는 것이 실로 어처구니없는 일임을 스승이 일깨워주었습니다. 진리를 향한 마음을 곧게 세우고 스승의 가르침을 겸손히 따라갈 때, 비로소 스승만이 아니라 세상 만물이 앞다투어 가르침을 펼쳐 보일 것입니다.

구멍이 숭숭 뚫린 바구니

스케티스에 사는 어느 수도자가 잘못을 저질렀다. 이 때문에
교부들이 원로 모임을 열기로 하고 존경받는 교부 한 사람도
불렀으나 그는 참석하려 하지 않았다. 교부들이 사람을 보내
그에게 전했다.

"오십시오. 모두가 당신을 기다리고 있습니다."

존경받는 교부는 가지 않을 수 없었다. 길을 떠나면서 그는
구멍이 숭숭 뚫린 낡은 바구니에 모래를 채워서 지고 갔다.
모임의 교부들이 그를 맞으러 나와 물었다.

"스승님, 이것은 무엇입니까?"

존경받는 교부가 대답했다.

"내 죄들이 이렇게 뒤로 빠져나가고 있는데, 그것은 보지 못
하면서 오늘 나는 다른 사람의 잘못을 심판하러 왔습니다."

이 말을 들은 다른 교부들은 잘못을 저지른 형제에게 더는
아무 말도 하지 않고 그를 용서해주었다.

자신의 허물은 너무 쉽게 합리화하고서, 남의 결점과 문제를 들추는 데 시간을 보내는 것은 아닌지 성찰하게 되는 이야기입니다. 마사 메리 마고는 이렇게 노래하기도 했습니다.

"만약 당신이
잊는 것을 선택할 줄 아는 사람이라면
훨씬 더 행복한 기억을 얻게 될 것입니다.
용서하고 잊는 것을 배우십시오.
그것으로 충분합니다.
일생 동안 그것을 거듭 상기할 필요는 없습니다."
— 〈용서하고 잊도록 노력하십시오〉 중에서

바람을 붙잡아 둘 수 없듯이

한 수도자가 지혜로운 교부에게 와서 말했다.

"저는 산란한 생각들이 수없이 마음에 떠올라 위험에 처해 있습니다."

그러자 지혜로운 교부가 그를 밖으로 내보내며 말했다.

"웃옷을 펼쳐 바람을 그 안에 담아보십시오."

"그것은 불가능합니다."라고 수도자가 대답하자, 교부가 말했다.

"바람을 붙잡아 둘 수 없는 것처럼 머릿속에 산란한 생각이 떠오르는 것도 막을 수 없습니다. 당신이 할 일은 그 산란한 생각들에 '아니오'라고 말하는 것입니다."

참 지혜로운 가르침입니다. 복잡하게 교리적인 설명을 하는 대신 직접 옷자락에 바람을 담아보도록 합니다. 나부끼는 바람을 붙잡으려 하다 보면 마음이 이리저리 산란하게 움직이는 것을 쉽게 이해하게 됩니다. 산란한 마음은 떠돌이라서 이리 저리 헤매는 것을 막을 수 없습니다. 산란함을 없애려 할수록 용수철 같은 반발력으로 더 높이 튀어 오릅니다. 산란한 마음을 멈추고 싶다면 그냥 '아니오'라고 말하라 합니다. 막으려 애쓰거나 같이 떠돌지 말고, 마음의 뿌리에 중심을 잡고 고요해지라고 합니다.

돌과 모욕

사막의 스승이 한 제자를 가르치며 말했다.

"자네는 하느님 앞에서 진정으로 겸손해지도록 더욱 노력해야 하네."

그러고는 그를 데리고 독방 밖으로 나가 돌을 가리키며 이렇게 시켰다.

"저 돌을 모욕하면서 계속 걷어차도록 하게."

제자는 스승이 하라는 대로 돌에게 욕을 하며 계속 걷어찼다. 제자가 한참 그렇게 하자 스승은 제자를 불러 돌이 어떻게 반응했는지 물었다.

"아무 반응도 없었습니다."라는 답변에 스승이 말했다.

"자네도 저 돌처럼 어떤 모욕을 받더라도 언짢아하지 않을 수 있어야 한다네."

가득 채워진 그릇에는 음식을 더 담을 수 없고, 자기로 가득 채워진 마음에는 타인은 물론이고 신조차 들어설 수 없습니다. 그래서 진리를 추구하는 모든 종교는 자신을 비우고 자신을 버리도록 일깨웁니다. 남들이 비난하고 걷어차고 조롱하더라도 모욕을 견디며 내면의 평정을 유지하는 것은 실로 까마득한 수행의 경지일 것입니다. 그런 경지는 못 간다 해도, 현자들의 한없는 겸손함을 접한 만큼 쓸데없는 우월 의식은 내려놓을 수 있겠습니다. 남들과 나를 동등하게 대하며 겸손에 한 걸음 더 다가갈 수 있겠습니다.

선사,
허공을 짚는
손가락

○

태워야 할 것은 태우지 않고

한 고행자가 있었다. 그는 고행을 수행의 방법으로 삼아 한 여름인데도 장작불을 지피고 이글거리는 불길 속에 서 있었다. 뜨거운 햇볕 아래 불 속에 서 있으니 이마에 구슬 같은 땀이 맺히고, 가슴과 겨드랑이에서는 땀이 줄줄 흘러내렸다. 목은 타는 듯했고, 입술과 혀는 바싹 말랐다.

그때 스님 한 사람이 지나가다 이 광경을 보고 고행자에게 말했다.

"당신은 태워야 할 것은 태우지 않고 태우지 않아도 될 것을 함부로 태우고 있구려."

이 말을 들은 고행자는 화를 내며 소리쳤다.

"이 돌중이 무슨 소리를 하는 거야? 그러면 무엇을 태워야 한단 말인가?"

스님이 빙긋이 웃으면서 대답했다.

"태워야 할 것은 당신 마음속에 있는 화라오. 화를 태워버리는 게 진정한 수행이지요. 소가 끄는 마차가 앞으로 가지 않을 때는 소에게 채찍질을 해야지 아무리 마차를 때려본들 무슨 소용이 있겠소? 육체는 마차와 같고, 마음은 소와 같은 것이오. 그러니 마음에 채찍질을 하고 마음을 태워야지, 육체를 고통스럽게 하는 것은 아무런 도움이 되지 않는다오."

고대 함무라비 법전에는 '눈에는 눈, 이에는 이'의 원리가 있었습니다. 도둑질을 하면 손을 자르고, 나쁜 걸 보면 눈을 뽑는 식이었습니다. 그런데 도둑질은 손이 하는 것이 아니라 마음이 시켜서 하는 일입니다. 갖고 싶은 욕망도 눈이 봐서가 아니라 본 것에 대한 탐욕이 마음에서 일어난 때문입니다. 그러니 태우고 걷어내야 하는 것은 마음속 찌꺼기들입니다. 육신의 고행이 바른 수행의 길이 아닌 것처럼, 마음에서 걷어내는 과정도 채찍질하듯 닦을 일은 아닙니다. 욕심, 화, 집착, 괴로움 같은 감정은 잠시 마음을 어지럽히는 낙엽 같은 것이니, 마음의 빗자루로 정갈하게 쓸어내면 그만입니다. 깨어있는 마음으로 심호흡을 하거나, 잠시 두 손을 모아 집중하는 것만으로도 마음의 비질이 가능합니다.

금이 무슨 필요가 있나

인도 최고의 불교 대학인 나란다대학 학장이었던 나로빠가 그 지위를 벗어던지고 뱅골의 어느 강변 허름한 오두막에서 살던 때였다. 한 사람이 위대한 스승에게 가르침을 구하고자 자신의 모든 것을 버리고 나로빠를 찾아갔다. 나로빠는 그에게 퉁명스럽게 말했다.

"이봐! 난 공짜로 가르치지 않아. 돈을 가지고 오게."

제자가 되고 싶었던 그 사람은 수년간 노력을 기울여 사금을 모았고, 그 과정에서 세상에 대한 지식과 경험도 쌓았다. 얼마간의 사금을 모은 그는 가르침을 받을 수 있으리라는 희망에 가득 차서 다시 나로빠를 찾아갔다. 하지만 나로빠는 여전히 차갑게 대하며 돈을 가져왔냐고 물었다. 그 사람은 돌아갈 때 쓸 여비를 생각해서 조금 남겨 두고, 상당한 양의 사금을 나로빠에게 주었다. 나로빠는 만족하지 않았다.

"너무 적어. 자네 가방에 있는 것을 전부 나에게 주지 않겠나?"

다시 여비로 남겨 둔 사금에서 좀 더 덜어 나로빠에게 주었으나 나로빠는 비웃으며 말했다.

"그대는 속임수로 내 가르침을 살 수 있다고 생각하나?"

할 수 없이 그 사람은 가방째 나로빠에게 내밀었다. 그러자 나로빠는 사금이 든 가방을 뒤집어 허공에 훨훨 털어버렸다. 그 사람은 경악을 금할 수 없었다. 자신이 가르침을 받기 위해 수년간 힘들게 모은 사금이고, 초라하게 사는 나로빠에게도 큰 돈이 될 수 있는 사금을 허공에 뿌려버리다니! 그때 스승 나로빠는 조용히 입을 열었다.

"이까짓 사금이 나에게 무슨 필요가 있겠나? 내게는 이 세상 전체가 눈부신 금덩어리라라네."

그 순간 제자에게 깨달음의 눈이 열렸다.

이 스승은 돈을 가져오라 해놓고 몇 년간 고생해서 모은 사금을 공중에 털어버립니다. 기막힐 노릇입니다. 어떤 이는 그렇게 버릴 것을 왜 고생을 시켰나 하고 이 스승에게 화가 날 것입니다. 또 다른 사람들은 금은 금대로 두었다가 잘 쓰고 제자에게는 좋은 말로 가르침을 주는 것이 현명한 태도라고 생각할 수도 있습니다. 그런데 크게 얻으려면 크게 비우고, 크게 깨치려면 크게 버려야 하는 이치가 있습니다. 번쩍이는 황금, 가장 귀하게 여기는 것이 눈앞에서 허망하게 사라질 때라야 물질에 대한 집착이 떨어져 나가고 "세상 전체가 눈부신 금덩어리"임을 아는 마음의 눈이 열릴 수 있습니다. 한순간에 그런 깨달음으로 이끄는 스승도 대단하고, 단숨에 집착을 내려놓는 제자도 대단합니다.

그대의 마음을 가져오라

열심히 수행하는데도 마음의 불안이 가시지 않아 답답해진
제자가 어느 날 스승께 여쭈었다.

"스승님, 저는 마음의 평화를 얻지 못했습니다. 스승님께서
보살펴주시기를 청합니다."

그러자 스승이 말했다.

"그대의 마음을 가져오라. 마음에 평화를 주리라."

불안한 마음을 가져오라는 말에 제자는 자신을 살펴보았으
나 마음을 찾을 길이 없었다. 제자가 답했다.

"마음을 찾아도 찾을 수가 없습니다."

"찾아진다면 어찌 그것이 그대의 마음이겠는가? 나는 벌써
그대에게 마음의 평화를 주었느니라."

이 말씀에 제자는 그 자리에서 크게 깨달았다.

이 이야기는 달마 스님이 제자 혜가 스님에게 준 유명한 '안심법문'입니다. 안심(安心). 마음을 편하게 진정시키는 가르침입니다. 때때로 마음이 초조하고 불안해지는데, 마음 어디에 불안이 자리 잡고 있나 찾아보면 딱 여기, 딱 이 모양새를 갖춘 실체는 없습니다. 스승은 가져올 수 없는 마음을 가져오라 하여 바로 그 자리에서 마음이 형체가 없음을 보게 합니다. 또한 "나는 벌써 그대에게 마음의 평화를 주었느니라." 하는 말씀은 정말 고맙고 따뜻합니다. 이렇게 불안을 없애고 평화를 주는 스승 곁에 머물고 싶어집니다.

새들은 어디로 날아갔지

지극한 경지에 이른 노승과 제자가 함께 길을 가고 있었다.
그때 들판에서 한 무리의 들오리가 날아가는 것이 보였다.
스승이 제자에게 물었다.
"저 새들은 무슨 새인가?"
"들오리입니다."
"어디로들 날아갔지?"
"저쪽으로 날아갔습니다."
제자의 대답이 끝나기도 전에 스승이 제자의 코를 잡아 비틀
었다. 영문을 모르는 제자가 아프다고 소리를 지르자, 스승
이 놓아주며 빙긋이 웃었다.
"이래도 어디로 날아갔다는 말이 나오느냐?"

선사들의 선문답은 정말 알쏭달쏭합니다. 무슨 새냐고, 어디로 갔냐

고 일상적인 말투로 물어보기에 별생각 없이 저쪽으로 날아갔다고 대답했더니 그 순간 코를 비틀어버립니다. 제자가 일상의 세계에 머물러 본질을 놓치는 지점을 바로 잡아챈 것입니다. 저 새는 들오리라고 이름 붙이고, 동쪽이다 서쪽이다, 간다 온다 하는 것은 현상의 세계요 사물의 표면입니다. 만물의 근원을 깨친 스승은 현상이 어떠하든 늘 가고 옴이 없는 텅 빈 근원의 자리, 본질의 세계를 봅니다. 그 본질의 의식을 환히 밝히고서 날아가는 새의 현상적 모습만 보지 않도록 깨우쳐줍니다.

누가 그대를 더럽히던가

제법 불법을 공부했다고 자부하는 나그네가 도력이 높은 고승을 만나 물었다.

"스님, 도대체 해탈이 무엇입니까?"

돌아앉은 스님은 지나는 말로 대꾸했다.

"누가 그대를 속박하던가?"

나그네는 이 정도는 받아넘길 수 있다고 생각하며 말했다.

"저 같은 속인이 속박을 당하는 건 당연한 이치 아니겠습니까?"

스님은 여전히 돌아앉은 채로 되받았다.

"이치를 다 아는 사람이 어찌 해탈은 모르시나?"

나그네는 여기서 물러서고 싶지 않아 다시 물었다.

"그러면 정토는 무엇인가요?"

"누가 그대를 더럽히던가?"

힘 있는 음성으로 스님이 응수하자 나그네는 오기를 부리며 또 물었다.

"스님, 그러면 열반은 무엇입니까?"

그 말에 스님은 갑자기 고개를 돌리며 고함을 질렀다.

"이놈, 누가 널 죽이려고 하더냐?"

그제서야 풀이 죽어 스님 앞에 머리를 조아리는 나그네를 보고 스님은 조용히 말했다.

"더 할 말이 남았는가? 여보게, 다음부터는 나에게 묻지 말고 자네에게 묻게나. 그래도 모르겠거든 자네를 버리게나."

사람들은 많은 질문 속에 살아갑니다. 지적 호기심을 위한 질문도 필요하지만 삶을 깨치게 하는 질문이 더 중요합니다. 그런 질문은 다른 사람이 아니라 자신에게 묻고 내면에서 답을 이끌어내야 합니다. "행복은 무엇일까?" 이런 질문을 하면 책이나 학자들로부터 무수한 정의와 답변을 들을 수 있습니다. 그렇지만 스스로 행복을 깨달을 수 있는 질문은 "무엇이 나의 행복일까?" 혹은 "나는 어떻게 하면 행복해질까?"일 것입니다. 이 스님은 "그래도 모르겠거든 자네를 버리게나." 하고 한마디 덧붙입니다. 행복을 구하는 자신을 내려놓아야 비로소 행복의 파랑새가 눈에 들어온다는 말씀입니다.

세상에서 가장 큰 떡

어떤 사람이 절에 왔다가 스님들에게 문제를 냈다.

"우리 집에 작은 솥이 하나 있는데 거기에 떡을 찌면 세 명이 먹기엔 부족하지만 천 명이 먹으면 남습니다. 그 이유를 아시겠습니까?"

그 질문에 아무도 대답을 못하고 있는데, 저 멀리 앉아 있던 노스님이 말했다.

"자기 배만 채우고 나눠먹어본 적이 없는 사람에겐 항상 음식이 모자라는 법이지."

그러자 그 사람이 말했다.

"그렇습니다. 서로 다투면 항상 부족하고, 양보하면 남는 법이지요."

이번에는 노스님이 그 사람에게 문제를 냈다.

"세상에서 가장 큰 떡이 뭔지 아시는가?"

그 사람이 선뜻 대답을 못 하자 노스님이 말했다.

"입안에 있는 떡이라네."

아무리 맛있어 보이는 떡도 먹지 못할 때는 한갓 그림의 떡일 뿐입니다. 당장 내 손에 든 것이 인절미 한 조각이면, 그 떡이 지금은 내게 세상에서 가장 큰 떡이 맞습니다. 톨스토이의 〈세 가지 질문〉이란 우화에는 "가장 중요한 때는 언제인가? 가장 중요한 일은 무엇인가? 가장 중요한 사람은 누구인가?"라는 질문이 나옵니다. 지금이 가장 중요한 때이고, 지금 하는 일이 가장 소중한 일이고, 지금 만나는 사람들이 최상의 사람들입니다. 어떤 상황이든 지금 주어진 것이 최상의 것이라 여기면 감사하는 마음을 지닐 수 있습니다. 그런 마음이라면 작은 솥에 든 음식으로 천 명이 배부른 길을 찾을 것입니다.

어느 쪽에 우산을 두었나

꽤 오랫동안 명상 수련을 한 제자가 자신의 수행을 점검받고자 스승을 찾아갔다. 마침 비가 내리는 날이어서 제자는 안으로 들어갈 때 자신의 신발과 우산을 밖에 두었다. 제자는 수행에 대해 어떤 선문답을 하게 될까 기대감에 차서 스승에게 절을 올렸다. 그런데 스승은 엉뚱한 것을 물었다.

"들어올 때 신발의 어느 쪽에 우산을 두었느냐?"

제자가 기억하지 못하자 스승이 말했다.

"돌아가서 7년 동안 더 명상하거라."

제자가 눈이 둥그레져서 물었다.

"7년이나 더요? 이런 사소한 잘못 때문에 말입니까?"

스승이 대답했다.

"이것은 잘못이 크냐 작으냐에 관한 것이 아니다. 너는 아직 명상하며 살고 있지 않다. 단지 그뿐이다. 돌아가서 7년 동안 더 명상하여라. 그다음에 오너라."

마음챙김 명상을 전파하는 존 카밧진 박사는 말합니다. "우리는 삶의 대부분을 관성적인 자동 조종 모드로 살면서도 자신에게 무슨 일이 일어나는지, 자신이 누구인지, 또 어디로 가고 있는지 '알고 있다고' 착각한다." 그가 말하는 '자동 조종 모드'는 사람들이 명료한 자각이나 알아차림 없이 습관적으로 행동하는 것을 말합니다. 이와 반대로 신발을 벗든, 우산을 내려놓든, 좌선을 하든 깨어있는 마음을 유지하는 것이 명상하는 삶입니다. 일상생활이 명상이 되면 사소한 행동에도 고요함과 기쁨의 에너지가 깃들게 됩니다. 그러한 삶을 위해서라면 7년을 더 보낸다 해도 아까울 것이 없습니다.

날마다 좋은 날

어느 달 밝은 보름날이었다. 큰스님이 제자들을 모두 불러 모아놓고 물었다.

"오늘 이전은 묻지 않겠다. 오늘 이후에 대해서 누가 말해 보라."

아무도 말을 못하자 큰스님은 이렇게 말했다.

"날마다 좋은 날이지."

중국의 운문(雲門) 스님이 여러 제자들을 모아놓고 한 말입니다. 정확하게는 "해마다 좋은 해, 날마다 좋은 날(年年是好年 日日是好日)."이라 했습니다. 날마다 좋은 날! 참 따뜻하고 희망을 품게 하는 말입니다. 누구나 이 말을 호주머니에 넣고 다니면 좋겠습니다. 《월든》의 저자 헨리 데이비드 소로는 "햇빛은 부자의 저택에서와 마찬가지로 가난한 집의 창가에도 비친다."라고 했습니다. 햇빛도 별빛도 누구에게나 차별이 없고, 주어진 24시간도 똑같습니다. 그러니 희망과 사랑으로 숨 쉬고 있다면, 오늘도 좋은 날, 바로 그날입니다.

입으로는 경을 읽지만

옛날에 늘 《금강경》을 열심히 외며 수행하기로 소문난 스님이 있었다. 어느 날 밤, 죽은 관리 한 사람이 스님 꿈에 나타나 이렇게 청했다.

"내일 아내를 보낼 테니 저를 위해 경전 한 권을 읽어주시어 저의 저승길을 도와주십시오."

다음 날 한 부인이 슬피 울며 스님을 찾아왔는데, 정말 그 사연이 꿈의 내용과 같았다. 스님은 도와주겠다고 부인을 위로하고, 새벽에 일어나 경을 독송했다. 그날 밤 다시 관리가 꿈에 나타나 말했다.

"스님의 큰 은혜를 입었습니다. 그러나 겨우 반 권만을 얻었으니, 그 가운데 '필요 없어'라는 글자가 섞여 있었기 때문입니다."

경을 정성스레 읽었는데 무슨 까닭인가 하고 스님은 곰곰이 생각해보았다. 그랬더니 경을 독송하는 도중에 시중들던 이가 차와 떡을 들여오기에 멀리서 보고 손을 저어 물리친 일이 생각났다. 입으로는 경을 읽고 있었지만, 마음속으로 '필요 없어'라고 했던 것이다.

그래서 다음 날은 아예 문을 닫아걸고 경을 독송했다. 그날 밤 꿈에 다시 그 관리가 나타나더니 예를 갖추며 하직 인사를 하였다.

"스님 덕분에 저승을 벗어나 제 갈 길을 가옵니다."

꿈속에서 죽은 사람과 몇 번이나 대화를 나누었다니 신기한 일입니다. 지어낸 이야기 같지만 명나라의 운서 주굉(株宏) 스님의 저서에 실려 있는 실제 일어났던 일입니다. 저승길을 가는 데 경전을 읽어주는 것이 도움이 된다는 말이 예사롭지 않습니다. 진리의 말씀이 죽음 이후의 세계에도 큰 힘이 되는가 봅니다. 스님이 경을 읽는 도중 '필요 없어'라는 글자가 섞여 경전의 반밖에 도움이 되지 못했다는 대목도 무척 흥미롭습니다. 속으로만 '필요 없어'라고 했는데, 정작 죽은 이가 들은 것은 마음속의 소리였습니다. 영혼의 세계에서는 겉의 말보다 마음의 소리가 더 잘 들리니, 그 소리부터 진실하게 가꿔야 하겠습니다.

남이 나를 험담할 때

한 스님이 험담에 대한 가르침을 베풀었다.

"남이 나를 험담할 적에 처음 한마디를 내뱉었을 때 뒷말은 아직 나오지 않았고, 뒷말이 다 나왔을 때는 처음 말은 이미 없어진 것이다. 이 말들은 바람과 공기가 진동하는 일일 뿐 그 안에 실체라고 할 만한 뜻이 없다. 허니 만약 이런 것으로 화를 낸다면 참새의 지저귐이나 까마귀가 우짖는 소리에도 으레 화를 내야 할 것이다."

이 말씀을 듣고 어떤 이가 물었다.

"글로 쓰는 것은 어떻습니까? 만약 제가 비방하는 글을 쓴다면 한 번만 보아도 글자마다 뚜렷이 있고 또한 영원히 남아서 없어지지 않습니다. 어떤 방법으로 없앨 수 있겠습니까?"

그러자 스님이 대답했다.

"흰 것은 종이요, 검은 것은 먹일 뿐이다. 어떤 것이 비방이라는 것인가! 더욱이 한 자 한 자가 모두 글자 조각이 한데 모여 된 것이다. 그렇다면 책상 위에 놓은 자전 한 권은 수천만 자기 비방서가 눈앞에 펼쳐진 것이 아닌가? 이 어찌 어리석은 생각이 아니겠는가!

하지만 이것도 중생의 무지에 대한 대응 법문일 뿐이다. 아공(我空)을 안다면 누가 험담 따위에 개의하겠는가."

누군가 자신에 대해 험담한다는 말을 들으면 무심히 지나치기 어렵습니다. 그런데 선사는 누가 험담을 한들 말소리는 공중으로 흩어지고 마는 것이니 실체가 없는데 뭘 괴로워하느냐고 합니다. 글로 쓴 것은 남지 않느냐고 물으니, 글은 먹물의 자취일 뿐이요, 글자는 자음과 모음 조각을 모아놓은 것일 뿐이라고 해체해버립니다. 선사는 좀 더 나아갑니다. '아공(我空)', 즉 '나'라는 실체가 없는 것이니 이를 깨달으면 험담의 영향을 받는 사람도 없지 않느냐고 합니다. 지나가는 일, 실체가 아닌 일에 신경쓰지 말고 마음 그늘 밖으로 성큼 나오라고 합니다.

있다 없다

참선하는 스님과 염불하는 스님이 길에서 만났다.

참선하는 스님이 말했다.

"모든 것이 본래 공(空)하여 부처가 없으니 염불할 대상이 없지 않은가? 부처라는 말을 나는 듣기 좋아하지 않네."

그러자 염불하는 스님이 지지 않고 말했다.

"서방에 부처님이 엄연히 계시고 그 이름은 아미타이시네. 이 부처님을 기억하고 생각하면 반드시 부처님을 뵐 수 있다네."

그러면서 서로 있다 없다 옥신각신하고 있었다.

한 젊은이가 지나가다 이들이 다투는 것을 듣고 말했다.

"두 분은 모두 나무판자를 지고 가는 사람처럼 한쪽밖에 보지 못하십니다."

두 스님은 평범한 속인이 어찌 불법을 알겠느냐고 그 젊은이를 꾸짖었다.

그러자 젊은이는 당당하게 말했다.

"그렇습니다. 저는 속인입니다. 그러나 세속 일에 견주어 불법을 이해할 수 있습니다. 저는 배우이기 때문에 무대 위에서 어떤 때는 임금이 되기도 하고 어떤 때는 신하가 되기도 하며, 남자 혹은 여자가 되기도 하고, 어떤 때는 악인이 되는 등 갖가지 신분이 됩니다.

그러나 임금이니 신하니, 선이니 악이니, 남자니 여자니 하는 것을 찾아보면, 있다고 하면 실제로는 없고, 없다고 생각하면 또한 없지도 않습니다.

있다는 것은 없다는 것에 붙어서 있는 것이고 없다는 것은 있는 것에 붙어 있으니, 있는 것과 없는 것이 모두 사실이 아닙니다. 그러나 나의 본래 몸은 늘 그대로 있으니, 그런 줄 안다면 어찌 다툴 것이 있겠습니까?"

이 말에 두 스님은 아무 대꾸도 하지 못했다.

연극이 올려진 무대 위에는 화려하게 입은 왕도, 구걸하는 거지도 있습니다. 하지만 조명이 꺼지고 배우들이 분장을 지우면 거기에는 이제 왕도 거지도 없습니다. 상호 조건에 의지해 생기는 상대성의 세계, 잠시 있다가 다음 순간 모양이 바뀌고 사라지는 시간의 영역 안에서 그 무엇도 실체라 할 수 없습니다. 그런데도 이 스님들은 있다 없다 하는 개념에 사로잡혀 옥신각신 다툼을 벌입니다. 개념과 견해는 실체를 담지 못하는 좁은 틀일 뿐임을 알면 다투는 대신 빙그레 웃어줄 수 있습니다.

경계 넘어서기

옛날에 깊고 험준한 산속 토굴에서 치열하게 수행에 몰두한 스님이 있었다. 산속에서 수행하자니 계곡의 얼음 녹은 물 흘러내리는 소리가 우렛소리같이 요란하여 고요하게 마음을 모으는 데 방해가 되었다. 어느 날 물소리가 너무 시끄럽다고 하니, 함께 있던 도반 스님이 말했다.

"경계는 자기 마음에서 일어나는 것이지 밖에서 오는 게 아니라네. 옛 스님께서는 30년 동안 물소리를 듣고도 한 생각도 움직이지 않으면 관음보살의 원통(圓通) 경지를 증득(證得)한다고 하셨네."

이 말을 들은 스님은 마음을 굳게 먹고 그 경계를 넘어서기로 작정했다. 그래서 아예 계곡 위 외나무다리에 앉아 선정에 들었다. 오래 앉아 있으니 생각이 움직이지 않으면 물소리가 들리지 않게 되었고, 그렇게 더 수행하니 완전히 몸을 잊어버리고 고요한 상태로 들어가게 되었다.

그러던 어느 날 죽을 한 그릇 먹고 천천히 걷다가 자기도 모르게 삼매(三昧)에 들었다. 몸과 마음이 사라지더니, 크고 둥근 거울 같은 큰 빛의 세계가 펼쳐졌다. 온 천하가 그 속에 그림자처럼 나타나 보였다. 자신의 몸과 마음을 살펴보니 하나도 볼 수 없었지만, 그런 중에도 자각만은 명료했다. 스님은 삼매에서 깨어나자 이 깨달음을 게송으로 읊었다. 토굴에 돌아와보니 솥에 먼지가 뿌옇게 앉아 있었다.

몇 날 며칠을 삼매에 든다니 상상하기 어려운 수행의 경지입니다. 이는 명나라 감산(憨山) 스님이 직접 자서전에 쓴 깨달음의 체험담입니다. 얼마나 집중하면 물가에 앉아서도 물소리를 잊고 고요함에 들까요? 얼마나 깊어지면 솥에 먼지가 쌓이도록 오래 고요함의 자각 속에 머물러 있을까요? 일심불란(一心不亂). 마음 하나 오롯이 모으면 되는 일이라고 감산 스님이 체험으로 일깨워줍니다. 경계를 넘어서는 길은 한마음에서 열린다는 것을 보여줍니다.

무 하나를 뽑아 먹다가

깊은 산속 작은 절에 말없이 일만 하는 나무꾼 스님이 있었다. 큰 도를 깨친 스님이었지만 자신을 드러내는 법 없이 초라한 행색으로 낮에는 나무하고 밤에는 선정에 들어 지냈다. 이 스님은 작은 텃밭에 겨울 김장을 위해 배추와 무를 심어 기르고 있었다.

어느 날 공양주 스님이 그 밭을 지나가다 탐스럽게 자란 무를 보았다. 너무나 먹음직스러워 보이기에 공양주 스님은 무 하나를 뽑아 그 자리에서 한입 베어 물었다. 그 순간 비명을 지르며 무를 내던지고 말았다. 턱이 빠져버린 것이었다.

너무 아파서 밤새 끙끙 앓다가 겨우 잠이 들었는데 꿈에 산신이 나타나 호통을 쳤다. "그대는 그 무가 어떤 분이 기른 무인지 몰랐단 말인가! 어리석은 그대 때문에 나까지 죄를 짓게 되었구나!"

놀라서 깬 공양주 스님은 무서운 마음이 들어 그대로 누워 있을 수가 없었다. 텃밭을 가꾸는 스님에게 찾아가 눈물을 흘리며 자초지종을 말하고 잘못을 빌었다. 그러자 나무꾼 스님은 공양주를 데리고 산신각으로 가더니 이렇게 말하는 것이었다.

"뭐 그까짓 일로 그러시는가."

그 순간 공양주 스님의 턱이 씻은 듯이 나았다.

일제 강점기에 만주로 건너가 피난 가는 동포들에게 짚신을 삼아주어 '짚세기 선사'로 알려진 전설적인 인물, 수월(水月) 스님의 일화입니다. 나와 그것의 경계를 넘어선 마음으로 무를 기르니, 무조차도 귀하게 산신의 수호를 받았습니다. 14세기 가톨릭 성녀였던 노리치의 줄리언은 땀 흘려 밭을 일구어서, 그 열매가 "신에게 올리는 진정한 예물"이 되게 하라고 말했습니다. 수월 스님이 가꾼 무가 바로 신성한 예물이 된 결실이었나 봅니다.

내가 먹으면 누님도 배부른가

존경받는 고승에게 누나가 한 분 있었다. 누나는 부처님같이 훌륭한 동생이 있다는 것만 믿고 스스로 수행할 생각을 하지 않았다. 그러면서 늘 말했다.

"내가 도를 닦지 않는다 해도 다른 중생들까지 제도해주는 내 동생이 설마 누나 하나쯤 극락에 못 보내주겠어요?"

말로는 누나를 제도할 수 없다는 것을 안 스님은 어느 날 누나가 올 때를 기다려 한 상 가득 음식을 차려놓았다. 누나가 당도하자 스님은 혼자 이것저것 먹고는 상을 치우도록 했다. 누나는 섭섭한 마음으로 말했다.

"자네 오늘 왜 이러시는가? 먼 길 온 사람에게 먹어보라는 말도 없이 혼자만 먹는가그래?"

그러자 스님이 대답했다.

"제가 이렇게 배가 부르니 당연히 누님께서도 배가 부르시지 않겠습니까?"

누나는 기막혀 하며 먹지 않은 내 배가 어찌 부르겠냐고 항

변했다.

그러자 스님이 말을 이었다.

"누님께서는 늘 동생이 도를 깨치면 누님도 제도가 된다고 말씀하시지 않습니까? 그런 이치라면 제 배가 부르면 자연히 누님 배도 불러야 하겠지요? 한데 제가 아무리 먹어봐야 누님 배가 부르지 않듯이, 누님이 극락에 가시려면 누님 마음으로 염불하고 닦지 않으면 안 되는 것입니다. 대신 해줄 수 있는 게 아니지요."

그제서야 누나는 크게 뉘우치고 열심히 수행하게 되었다.

말하자면 누님은 무임 승차자의 꾀를 부렸습니다. 기도하고 염불하고 앉아서 명상하는 수고는 동생이 하고, 자신은 그 덕에 좋은 결과만 취하려 했습니다. 하지만 스님은 밥상을 차려 자기가 닦아서 자기가 깨닫는 이치를 누나에게 일깨워주었습니다. 생생하고도 재치 있는 설법이자, 누나도 스스로 수행하여 극락에 가기를 바라는 따뜻한 인간미가 담긴 이야기입니다. 자신이 먹지 않으면 배부를 리 없듯, 자신이 닦지 않으면 맑아질 리 없다는 것을 다시 새기게 됩니다.

뜨거운 물에 데고 나서야

오래전에 자비심이 깊은 스님이 목욕을 하다가 발을 헛디뎌 뜨거운 물에 발꿈치부터 허벅지까지 심하게 데었다. 게다가 약을 잘못 써서 두어 달 동안 몹시 고생을 했다. 그러는 동안 크게 깨달은 바를 말했다.

"내가 비록 물에 데어 많은 고통을 겪었으나 그 속에서 평소의 허물을 돌아보며 참회할 수 있었고 보리심을 발할 수 있는 계기가 되었다. 평소에는 몸이 건강하여 걷거나 앉거나 잠자거나 먹거나 모든 행동을 마음대로 하면서 이것이 큰 복인 줄 모르고 지냈다.

내가 그렇게 편안히 있는 동안에 온몸이 꺾이고 불태워지고 짓이겨지는 괴로움을 겪는 지옥 중생들은 얼마나 큰 고통을 당하고 있겠는가?

먹지 못해 괴로운 아귀 중생들, 재갈을 물리고 안장을 지우고 칼로 베이는 축생 중생들은 또 얼마나 큰 고통을 견디고 있는 것인가?

비록 사람 몸을 받았다 하더라도 추위와 굶주림에 시달리는 자, 병들어 시름하는 자, 가족과 서로 이별하여 사는 자, 옥에 갇힌 자, 세금에 시달리는 자, 물에 빠지고 불에 타 죽은 자, 뱀에 물리고 범한테 물려 죽은 자, 원한을 품고 억울하게 죽어 간 모든 중생들도 그 고통이 얼마나 컸겠는가?

나는 그동안 이런 것들을 전혀 모르고 있었다는 것을 깨닫고, 이제 잠깐이라도 편안할 때는 반드시 고통을 겪는 중생들을 생각하게 되었다. 마음에 올바른 뜻을 세우고 하루 빨리 도를 이루어 모든 중생을 제도하며 그들이 모두 정토에 태어나 보리심에서 물러나지 않기를 발원하게 되었다."

진짜 수행자의 도량은 이런 것이구나 하고 느끼게 됩니다. 화상을 입으면 살이 쓰리고 아파서 자신의 고통에 매몰되기 쉬운데, 스님은 수행자답게 자신의 고통 속에서 세상 만물의 고통을 인식했습니다. 불교에서는 세상을 육도, 여섯 세계로 나누는데 그중 고통을 겪는 세상인 지옥도, 아귀도, 축생도를 삼악도(三惡道)라 합니다. 이 스님은 삼악도의 중생도 생각하고, 아울러 인간 세상에도 고통 속에 사는 이들이 많다는 것을 물에 데고 나서 크게 자각했습니다. 그리하여 중생들을 생각하는 자비심을 더 크게 내고 보리심을 닦겠다는 큰 뜻을 세웠습니다. '전화위복(轉禍爲福)'을 넘어서 '전화위도(戰禍爲道)'의 계기로 삼는 스님의 모습에 코끝이 찡합니다. 이처럼 큰 마음을 지니면 다가온 고통을 더 큰 사랑을 향한 성숙의 발판으로 삼을 수 있습니다.

경전을 못 외우는 스님

여기저기 창호지를 팔러 다니던 종이 장수 총각이 어느 날 큰스님의 법문을 듣게 되었다. 불법을 배우면 세상 모든 고통을 넘어선다는 말에 그는 다 집어치우고 스님이 되고자 하는 간절한 마음이 났다. 그길로 큰스님을 따라가 머리를 깎고 물 긷고 나무하며 불경 공부를 시작했는데, 어쩐 일인지 경전을 한 구절도 외우지 못했다. 머리 깎고 절에 들어온 지 1년이 다 되도록 《천수경》도 못 외우고 수계도 못 받으니 다른 스님들이 수군거리며 놀려댔다. 종이 장수 스님은 자신은 스님 될 그릇이 아닌가 보다고 크게 낙담했다. 매우 슬픈 마음으로 큰스님을 찾아가 하직 인사를 드렸다.

"저는 절과 인연이 먼가봅니다. 지금껏 경전 한 줄 못 외우니 돌아가 종이 장수나 할까 합니다."

큰스님은 빙그레 웃으며 이렇게 당부하였다.

"부처님 제자 중에도 너 같은 이가 있었으니 너무 실망 말고 계속 정진하거라."

큰스님에게 위로를 받은 종이 장수 스님은 비록 외우지는 못했지만 《천수경》이 닳고 닳도록 읽어댔다.

그러던 어느 날 큰스님이 잠자리에 들려고 하는데, 밖에서 환한 빛이 비쳤다. 종이 장수 스님의 방에서 빛이 나오는 것이었다. 큰스님이 무슨 일인가 하고 가보니 스님은 잠들었는데 그가 읽던 《천수경》에서 경이로운 광채가 빛나고 있었다. 그다음 날부터 종이 장수 스님은 《천수경》은 물론이고 어떤 경이든 한 번만 보면 줄줄 암기할 수 있게 되었다.

조선 말 하층민 출신으로 가난하고 글도 몰랐던 각안(覺岸) 스님 이야기입니다. 큰스님의 법문을 듣고 삶의 고통을 넘어서고자 스님이 되었는데, 경전을 못 외우니 이만저만 속상하지 않았을 것입니다. 하지만 다시 용기를 내어 《천수경》이 닳고 닳도록 읽었더니 경전에서 광채가 발산되는 기이한 일이 벌어졌습니다. 비결은 바로 정성, 온 마음으로 노력한 정성이었습니다. 한두 가지 다른 이들보다 모자라고 부족한 점이 있다 해도, 참된 마음으로 온 정성을 기울이면 기적 같은 일이 벌어집니다. 불가능한 현실을 넘어서는 마법 같은 힘은 딴 곳 아닌 마음에서 나옵니다.

불법이 눈앞에 있는데

"만법이 하나로 돌아가는 길목에 부처가 있다."라는 화두를 들고 3년간 정진한 후 크게 깨친 선승이 있었다. 많은 수행자가 그를 찾아와 깨달은 바를 실험하려고 이런저런 질문을 했다. 어느 날 한 스님이 찾아와 선승에게 물었다.

"스님, 불법이 어느 곳에 있습니까?"

선사가 대답했다.

"네 눈앞에 있느니라."

"그런데 왜 제 눈에는 보이지 않습니까?"

"너에게는 또 하나의 네가 있기 때문이다."

"스님은 보이십니까?"

"너만 있어도 안 보이는데 나까지 있으니 더욱 볼 수 없다."

"그렇다면 스님도 없고 나도 없으면 볼 수 있겠습니까?"

"나도 없고 너도 없는데 보려고 하는 놈은 누구냐?"

질문하던 스님은 대답할 길이 없었다.

법륜 스님이 이런 질문을 했습니다. "모래로 밥을 하면 몇 시간 만에 밥이 되겠습니까?" 전제부터 잘못된 질문의 예를 든 것입니다. 불법이 어느 곳에 있느냐는 질문도 이미 시작부터 맞지 않습니다. 진리가 특정한 장소나 위치에 있다는 생각이 깔려 있는 까닭입니다. 게다가 눈앞에 있다는 말에 질문자는 눈으로 보려 하는 마음을 냅니다. 이것이 지적인 헤아림, '알음알이'인데 이런 식으로는 진리에 다가갈 수 없습니다. 하늘이라 이름 붙이고 사람의 눈으로 바라본다고 하늘의 전체나 본래 모습을 눈에 담을 수 없는 것과 마찬가지입니다.

천국과 지옥

세상에 널리 이름을 떨친 뛰어난 검객이 있었다. 검객으로서 대단한 자부심이 있던 그는 불교에서 천국과 지옥이 있으며 살생을 하면 지옥에 떨어진다고 가르친다는 이야기를 들었다. 기분이 상한 검객은 그들이 천국과 지옥 이야기를 지어내서 사람들을 겁주는 것이라고 생각했다. 검객은 담판을 지을 태세로 뭇사람들의 존경을 받는 선사를 찾아가 물었다.

"과연 지옥이 있고 천국이 있습니까? 실제로 있다면 보여줄 수 있겠지요? 나는 사실만 믿소. 실제로 천국과 지옥을 보여주지 못한다면, 그건 당신들이 꾸며낸 이야기에 불과할 거요."

선사는 그를 바라보며 물었다.

"당신은 누구십니까?"

검객은 자랑스러운 듯이 말했다.

"나는 세상 사람들이 두려워하는 최고의 검객이오. 이 나라의 왕도 나에게 경의를 표하지요."

그 말에 선사는 웃으며 말했다.

"당신이 최고의 검객이라고? 내 눈에는 동네 불량배처럼 보이는구면."

자신을 모욕하는 말에 분개한 검객은 그 자리에서 칼을 뽑아 선사를 겨누었다.

선사가 여전히 웃으며 말했다.

"보셨소이까? 이것이 지옥입니다. 그대의 칼, 그대의 분노가 지옥을 보여줍니다."

검객은 이 말을 듣고 지옥에 관한 가르침을 주는 것임을 이해했다. 그래서 칼을 도로 집어넣고 공손하게 무릎을 꿇으며 선사에게 물었다.

"그럼 천국은 어디에 있습니까?"

선사가 답했다.

"이것이 바로 천국입니다."

최고의 검객을 상대로 그의 마음을 훤히 꿰뚫어 보며 지옥과 천국을 드러내는 선사의 재치와 노련미가 놀랍고도 통쾌합니다. 선사는 죽어서 가는 내세가 아니라 마음 씀씀이에 따라 달라지는 현세의 천국과 지옥을 보여주었습니다. 그리고 어쩌면 분노를 버리고 공손함으로 돌아서는 마음에서 현세는 물론 내세의 천국에 이르는 길이 열릴지 모릅니다. 화나는 일이 있더라도 그 순간 마음을 돌이켜 겸손과 감사로 두 손 모으면, 거기가 천국, 그 자리가 꽃자리가 될 수 있습니다.

된장국 스님

옛날에 많은 스님들과 함께 살며 이들을 이끌어주던 큰스님이 열반에 들게 되었다. 마음으로 의지하던 스승을 잃게 된 스님들은 큰스님께 앞으로 자신들을 이끌어줄 새 스승을 알려 달라고 청했다. 큰스님은 그중 한 스님을 가리키며 그의 가르침을 받으면 모두 생사를 해탈할 것이라고 말했다.

큰스님이 지목한 스님은 놀랍게도 '된장국 스님'이었다. 눈에 띄지도 않고 그저 공양간에서 국 끓이는 일을 하는 스님인데, 그 된장국이 맛이 있어 반은 놀리듯이 누구나 그렇게 불렀다. 스님들은 수십 년간 공양간에서 국만 끓여 온, 못나고 어리숙한 스님을 하루아침에 새 스승으로 받들 수가 없었다. 그래서 다들 모여 이 일을 어찌해야 할지 몇 날을 의논했다. 그들은 된장국 스님이 스승 자격이 있는지 먼저 살펴보기로 했다.

스님들이 가만히 보니 된장국 스님에게 한 가지 특이한 점이 있었다. 밤 열 시 종소리가 울리고 모두 잠자러 가고 나면 그 스님은 큰 그릇에 물을 가득 담아 들고 숲이 우거진 십여 리 산길을 다녀오곤 하는 것이었다. 이런 특이한 수행을 알게 되자, 대중 스님들은 된장국 스님을 시험할 방법을 생각해냈다. 마을에서 사냥꾼 몇을 몰래 불러 어두운 밤 숲속에 숨어 있다가 된장국 스님이 지나가면 총소리를 내도록 시켰다. 다른 스님들은 숨어서 된장국 스님의 반응을 살펴볼 참이었다.

밤이 되자 아무것도 모르는 된장국 스님은 물이 가득 든 그릇을 들고 숲으로 걸어갔다. 그의 발걸음은 소리도 안 날 만큼 가볍고 조심스러웠다. 중간쯤 갔을 때 천지를 뒤흔드는 총소리가 들렸다. 숨어서 지켜보던 스님들도 기겁을 해서 하마터면 비명을 지를 뻔한 요란한 소리였다.

그런데 된장국 스님은 조금도 놀라거나 흔들림 없이 고요히 걸어 나갔다. 한참을 더 걸어간 뒤에야 멈춰서 물그릇을 조심스레 내려놓고는 조용히 말했다.

"아, 놀랐다."

그가 걸어온 길에는 물 한 방울 쏟아지지 않았다. 이것을 지켜본 스님들은 부끄러움과 기쁨으로 눈물을 흘리며 된장국 스님 앞에 머리를 숙였다.

맹자는 "사람들에게 공통되는 병폐는 남의 스승 노릇 하기를 좋아하는 데 있다."라고 했습니다. 그렇듯이 스승 되기를 자청하여 가르침을 펼치는 사람들이 많은 세상에서 진짜 스승의 면모는 어떤 것인지 생각하게 됩니다. 이 이야기의 스님들은 잘난 게 없고 국 끓이는 일이나 하는 된장국 스님의 외적인 모습만 보았기에, 어두운 밤길 큰소리에도 놀라지 않고 수행하는 된장국 스님의 평정심, 스승의 면목을 알아보지 못했습니다. 진짜 스승다움은 화려한 말솜씨나 번듯한 차림새보다는 그 사람의 행동에 깃든 자비심이나 진실함에서 드러납니다. 자신이 하는 말이 그대로 행동에 담겨 있는 사람, 그런 스승이 많아지면 좋겠습니다.

비질을 할 때는

한 젊은이가 아주 멀리 떨어진 곳에 훌륭한 스님이 사신다는 이야기를 듣고 그를 만나고 싶어 먼 길을 떠났다. 어렵게 여행을 하여 그 스님의 거처에 당도했는데, 워낙 존경받는 스님이라 구름 같은 제자들과 신도들, 인근 마을 사람들, 나그네들에게 둘러싸여 있었다. 저리 바쁘고 많은 사람을 상대하는 큰스님이 보잘것없는 자신과 이야기를 나눌 가능성은 없을 것 같았다. 젊은이는 좀 서운했지만 군중 속 맨 끝자리에서 큰스님의 법문을 듣는 것으로 만족하고 돌아가기로 했다. 젊은이는 법문을 듣고 터덜터덜 절 입구로 걸어가다가 몇몇 스님들이 종탑 옆에서 낙엽을 쓸고 있는 것을 보았다. 그는 멀리까지 왔으니 좋은 공덕이라도 쌓고 가려는 생각에 잠시 스님들의 일을 거들기로 했다. 한동안 비질을 하고 있는데, 그의 어깨에 누군가 손을 얹었다. 돌아보니 큰스님이 미소를 지으며 젊은이를 바라보고 있었다. 깊은 눈매를 가진 큰스님은 조용히 한마디를 하고 떠났다.

"이보게. 비질을 할 때는 온 존재를 바쳐 하도록 하게."

이 말 한마디가 그 젊은이의 평생을 비춰주는 등불이 되었
다.

"온 존재를 바쳐 비질을 하도록 하게."

위대한 스승의 한 줄 법문입니다. 그것이 젊은이에게 한 평생을 비춰
주는 빛이 되었습니다. 인생을 바꿀 진리를 한마디로 전하는 스승도
드물고, 그 한마디의 무게를 천근으로 받아들여 삶을 바꾸는 제자도
많지 않습니다. 온 존재를 바쳐 비질을 하면 어떻게 되겠습니까? 그
사람을 통해 비질이란 사소한 일이 신성이 깃든 일로 변모합니다. 밥
을 짓든, 물건을 나르든, 온 존재를 바쳐서 하는 모든 일은 혼이 실리
기에 깊이와 아름다움을 드러냅니다. 더 높은 자리로 올라가지 않아
도 지금 이 자리를 신성의 빛으로 채우는 고귀한 일이 됩니다.

랍비,
하늘을 듣는
마음

흐르는 강물과 대화하기

어느 경건한 랍비가 제자들과 함께 학교로 향하고 있었다.
세차게 흐르는 강에 이르자 랍비는 강을 향하여 말했다.
"내가 학교에 가는 것을 가로막고 너는 무엇을 할 수 있으리
라 생각하느냐?"
그러자 물이 순식간에 빠져 랍비는 안전하게 강을 건넜다.
그가 맞은편 기슭에 닿자 제자들이 외쳤다.
"스승님, 저희가 건너도 괜찮을까요?"
랍비가 대답했다.
"너희 가운데 지금까지 다른 생명을 상하게 한 일이 없는 자
만이 안전하게 건널 수 있을 것이다."

아메리카 원주민의 지혜 중에 "나무나 강이나 동물을 그대의 벗으로
삼고, 그 벗과 진한 우정을 나누어보라."는 말이 있습니다. 이 랍비도

강물을 벗으로 삼았기에 대화를 나눌 수 있었을 것입니다. 랍비가 제자들에게 한 말에 따르면 다른 생명을 상하게 한 일이 없는 자에게는 강물이 길을 내줄 수 있습니다. 그렇다면 인간이 이 세상에서 안전하게 살아가기 위해서 높은 보호 장벽이나 안전 시설보다 더 중요한 것이 있습니다. 동물이든 식물이든 다른 생명을 상하지 않게 지켜주고 벗으로 대하는 것입니다. 그럴 때 더 큰 생명의 돌봄 안에서 사람도 안전하게 살아갈 수 있습니다.

가난한 학자의 물 항아리

성스러운 랍비가 열 명의 제자를 거느리고 있었다. 어느 날 한 도시 교외에서 토라 강의를 하던 랍비가 갑자기 강의를 중단하며 말했다.

"나는 방금 천계에서 사자가 다음과 같이 선언하는 것을 들었다. '더없이 높은 곳의 천사들은 들어라. 헤아릴 수 없이 많은 메뚜기 떼가 저 도시를 덮쳐서, 푸른 것을 모조리 먹어치우고 주민들을 벌거숭이로 만들 것이다. 그 이유는 한 가난한 학자가 신께 그 도시를 고발했기 때문이다. 성스러운 분께서는 그가 악한 이웃들에게 무시당하는 것을 더는 묵과하지 않을 것이다.'라고 했다."

스승 랍비는 신이 생각을 바꾸도록 가난한 학자에게 도움을 주자고 제자들과 의논하여, 50냥의 금을 모아 한 제자에게 가지고 가도록 했다. 제자가 가난한 학자의 집에 도착했을 때 그는 울고 있었다. 이유를 물으니 학자가 대답했다.

"저의 불운을 한탄하며 울고 있습니다. 매주 가족들을 위해 제가 물을 채워 두는 물 항아리에 금이 가고 말았어요. 새 항아리를 살 돈이 없어 방금 신께 제 심정을 호소하던 중이었습니다."

그 제자는 가져간 금을 주며 앞으로 신께 호소할 때는 한 번더 생각해 달라고 부탁했다. 가난한 유대인 학자는 제자가 전해주는 말을 듣고 신께서 자비를 베풀어 그 결정을 무효로해 달라고 기도했다. 제자가 돌아와 있었던 일을 보고하니 랍비가 말했다.

"신을 찬양할지어다. 그 결정은 이제 무효가 되었다."

그리고 다시 공부를 시작하여 두 시간이 지났을 무렵, 하늘에 메뚜기 떼가 새까맣게 몰려왔다. 겁먹은 제자들에게 랍비는 두려워하지 말라고 타일렀다.

그때 한바탕 바람이 일어나더니 메뚜기 떼를 바다 쪽으로 몰고 가 모조리 물속에 빠뜨렸다. 그 덕분에 도시에는 한 마리의 메뚜기도 들어오지 못했다. 그날 이후 도시 사람들은 경

건하고 가난한 유대인 학자에게 관심을 두고 그를 배려하며
살아갔다.

우리나라에서는 메뚜기 떼 출현을 보기 어렵지만, 서남아시아나 아프
리카 등지에서는 종종 일어나는 일입니다. 도시를 덮쳐 모든 것을 먹
어치울 수 있었던 메뚜기 떼가 바람의 방향이 바뀌는 것만으로 전부
바다에 빠져 죽었습니다. 자연의 움직임을 이렇게 바꾼 것은 천상의
뜻이고, 천상의 뜻을 바꾼 것은 한 가난한 학자의 기도였습니다. 그
도시에 사는 다른 많은 사람들도 기도했을 텐데, 하늘은 가난하지만
진실한 자의 기도에 귀 기울였습니다. 지상과 천상은 결코 멀지 않으
며, 지상에서 드리는 작으나 진실한 기도가 저 높은 하늘에 그토록 큰
울림을 줄 수 있습니다.

언제 죽을지 알 수 없지만

절친한 친구인 랍비 두 사람이 있었다. 하루는 한 랍비가 매우 침울한 표정으로 친구 랍비에게 말했다.

"친구여! 그대에게 세 가지 청이 있소. 토라를 가르칠 때 나의 주석을 나의 이름으로 가르쳐주시오. 그리고 나의 아들에게 토라를 가르쳐주시오. 마지막으로 나의 무덤에 이레에 한 번 찾아와 나를 그리워하고 기도를 올려주기 바라오."

친구가 어째서 자신이 죽으리란 생각을 하게 되었는지 묻자 그 랍비는 답했다.

"며칠 전 자는 동안에 나의 영혼이 육체를 떠나가 이제 꿈을 보여주지 않게 되었다오. 그리고 기도할 때 그림자가 사라진 것도 알게 되었소."

친구 랍비가 말했다.

"그대의 청을 모두 받아들이리다. 나에게도 한 가지 청이 있소. 신의 세계로 가시거든 그대 곁에 나를 위한 자리를 마련해주시오. 그리하면 이 세상에 있을 때와 마찬가지로 그대와 함께 지낼 수 있겠지요."

죽음을 예감한 랍비가 눈물을 흘리며 말했다.

"부디 그날이 올 때까지 나와 함께해주시오."

그가 잠자리에 들자 꿈에 아버지가 나타나 신의 세계에서 행복이 기다리고 있다고 알려주었다. 랍비가 물었다.

"아버지, 부디 가르쳐주세요. 저는 언제 죽을까요?"

"네가 언제 부름을 받을지는 알 수 없다. 하지만 너는 너의 스승 랍비 시메온과 같은 테이블에 앉게 될 것이다."

랍비는 큰 기쁨 속에 웃으며 잠에서 깨어났고 남은 시간들을 편안하게 보냈다.

티베트의 게셰 체왕 스님이 법문에서 너무나 쉽지만 잊어서는 안 되는 세 가지를 말했습니다. "첫째, 사람은 반드시 죽는다. 둘째, 누구도 언제 죽는지 모른다. 셋째, 죽을 때는 진리 외에는 소용이 없다." 그러니 살아 있을 때 진리를 공부하는 것이 제일 시급하고 중요하다고 했습니다. 처음 죽음을 예감하며 지상의 시간이 끝나 감을 느꼈을 때 랍비는 슬퍼했습니다. 하지만 꿈에서 신의 세계에서 행복이 기다리고 있으며 자신의 스승과 함께 있게 된다는 말을 듣고 남은 날들을 기쁘게 보내게 되었습니다. 이 랍비처럼 진리를 가슴에 품고 사는 사람에게는 죽음이 신과 스승에게 나아가는 기쁨의 행로가 될 수 있습니다.

곰을 똑바로 응시한 랍비

옛날에 한 랍비가 제자들과 사륜마차를 타고 숲을 지나가는데 별안간 말이 걸음을 멈추었다. 마차 앞에 곰 한 마리가 나타났던 것이다. 잔뜩 긴장한 제자들을 두고, 랍비는 마차에서 내려 곧장 곰에게로 갔다. 그 앞에서 서서는 한동안 곰의 눈을 똑바로 응시하였다. 곰은 랍비를 마주보다가 얼마 지나 숲속으로 사라졌다. 마차로 돌아오자 제자들은 기적이라며 법석을 떨었다. 랍비는 제자들에게 말했다.

"기적이 아니다. 극단을 피하고 균형을 취하며 걷는 사람은 곰을 두려워하지 않는다. 왜냐하면 곰 또한 양극 사이에서 균형을 유지하면서 살고 있기 때문이다. 너무 많지도, 너무 적지도 않게, 지나치게 먹거나 굶는 일도 없이."

고대 랍비들은 "동물과 인간의 영혼은 서로 그 일부를 지니고 있다."

고 믿었습니다. 모든 존재에는 영혼이 있고 그 영혼은 동물과 사람 모두 극단이 아니라 균형을 추구한다는 믿음이 있었기에 랍비는 두려움 없이 곰에게 다가갔습니다. 눈을 똑바로 응시하며 곰과 내적인 소통을 이루었습니다. 사람이든 동물이든 빛나는 영혼은 탐욕에 기울지 않고 조화로움 속에 머뭅니다. 영혼의 눈동자로 마주볼 수 있는 사람에게 동물과 조화 속에 만나는 일은 전혀 기적이 아니라고 이 스승은 일러줍니다.

소리 내어 책읽기

경건하기로 소문난 스승 랍비와 열심히 율법을 공부 중인 젊은 랍비가 처음 만나게 되었다. 스승 랍비는 젊은 랍비에게 카발라 공부를 하고 있는지 물었다. 젊은 랍비가 그렇다고 대답하자, 스승 랍비는 책상 위에 있던 책을 건네면서 소리 내어 읽으라고 말했다.

한 장 반쯤 읽었을 때 스승 랍비가 말했다.

"그게 아닐세. 내가 읽어보겠네."

그러고는 책을 읽으면서 일어섰다. 천천히 젊은 랍비의 주위를 걷다가 어깨에 살며시 손을 얹어 그를 침대에 뉘었다.

그러자 젊은 랍비의 몸이 돌기 시작하면서 그에게 스승 랍비의 모습은 보이지 않게 되었다. 그때 어디선가 다른 목소리가 들려왔고, 눈이 핑핑 돌 듯한 섬광과 타오르는 불길이 나타났다. 그러는 사이에도 스승 랍비는 줄곧 책을 읽으며 침대 주변을 돌고 있었다.

유대교 경전인 토라는 히브리어로 쓰였습니다. 유대인들은 히브리어가 평범한 언어가 아니라 기도와 예배에 쓰이는 성스러운 말이라고 생각했습니다. 이는 고대 힌두교 경전의 언어인 산스크리트에서도 마찬가지입니다. 예를 들어 산스크리트 '옴' 자를 이루는 a, u, m 세 철자에는 세 신이 담겨 있다고 힌두인들은 믿어 왔습니다. 따라서 그 소리를 발음하기만 해도 신성한 신을 부르게 됩니다.

이 일화는 바알 셈 토브라는 18세기 유명한 랍비의 이야기로, 신성한 책을 소리 내어 읽는 것이 곧 신성과의 연결임을 보여줍니다. 경전이나 진리의 말씀을 마음을 다해 읽으면 내면에서 신성의 불꽃이 타오릅니다.

단식과 성자 되기

랍비의 제자 하나가 물도 밥도 먹지 않고 며칠째 동굴 안에 틀어박혀 있었다. 그 소식을 들은 스승 랍비가 곧장 동굴로 달려가 야위고 쇠약해진 젊은 제자에게 말했다.

"너의 방법은 틀렸다. 단식하는 것으로는 성자가 될 수 없어."

그러자 제자가 대답했다.

"하지만 스승님은 당신의 스승 이야기를 많이 들려주셨습니다. 그가 먹지도 마시지도 않고 몇 주일 동안을 지내 기적을 일으킬 정도로 위대한 현자가 되었다고요."

스승 랍비가 말했다.

"사랑하는 제자야, 나의 스승은 분명 산속에서 먹지도 마시지도 않고 며칠을 보냈다. 그런데 그분은 늘 먹을거리를 지니고 나갔지만 먹기를 잊었던 게야."

제자의 단식과 현자의 단식은 겉으로는 비슷해 보이지만 중요한 차이가 있습니다. 현자의 단식에는 먹기를 잊는 상태, 즉 몰입의 과정이 있다는 점입니다. 수행하는 사람들에게 삼매 체험이 되는 몰입은 몸을 잊고, 나를 잊고, 시간의 흐름도 잊는 고도의 의식 집중입니다. 그런 체험을 거쳐 세상과 자신에 대해 새롭게 눈뜬 사람이 현자가 되어 빛나는 지혜와 기적을 보여줍니다. 위대한 인물들에게서 잘 배우려면 외적 행동을 따라하기보다 거기에 담긴 핵심을 본받는 것이 중요합니다. '무엇'이 아니라 '어떻게'를 눈여겨볼 일입니다.

비를 내리게 한 사람

어느 날 뛰어난 랍비가 가뭄이 계속되는 지역에 비를 내리게
해 달라는 청을 받았다. 랍비는 사람들에게 단식을 하도록
명하고 여러 조치를 취했지만, 비는 좀처럼 내리지 않았다.

그곳에 한 남자가 찾아와서 사람들을 기도로 이끌었다. 남자
가 "주는 바람을 일으키신다."라고 하자 바람이 불기 시작했
고, "주는 비를 내리게 하신다."라고 하자 비가 내리기 시작
했다.

대단한 능력에 감탄한 랍비가 그에게 물었다.

"당신은 무슨 일을 하시는 분입니까?"

남자가 대답했다.

"저는 초등학교 교사입니다. 저는 가난한 아이들이나 부유한
아이들을 차별하지 않고 가르치고 있습니다. 수업료를 내지
못하는 아이에게는 아무것도 받지 않습니다."

신의 말씀을 전하는 랍비가 하지 못한 일을 평범한 교사가 해냈습니다. 아메리카 원주민 전통에서 귀하게 여기는 '레인메이커(rainmaker)'의 역할을 한 것입니다. 그처럼 놀라운 능력이 어디서 나오는지 물으니, 이 교사는 차별하지 않는다고, 가난한 아이에게는 자비를 베푼다고 대답합니다. 결국 기본 도리를 충실히 지키는 자가 하늘을 움직인다는 말입니다. 중국의 대선사인 마조(馬祖) 선사가 "평상심이 곧 도다(平常心是道)."라고 한 말과도 통합니다. 기적은 작은 도리를 지키는 데서 시작된다고, 큰 것을 바라는 마음에 조용히 가르침을 줍니다.

병을 낫게 한 스승과 제자

어느 날 위대한 스승 랍비에게 죽을병에 걸린 소년이 실려 왔다. 랍비는 제자 한 사람에게 횃불을 들게 하고 숲으로 들어갔다. 숲속 깊숙한 곳에 이르자 스승 랍비는 나무에 횃불을 걸어놓고 여러 가지 의식을 행한 다음 오랫동안 명상에 잠겼다. 소년의 영혼을 모든 영혼의 근원인 원초의 나무에 다시 결합시키기 위한 의식이었다. 주님께서 스승 랍비의 기도를 받아들여 소년은 병이 나았다.

스승 랍비가 죽은 지 몇 년 뒤에 그의 수제자였던 랍비에게 똑같은 상황이 주어졌다. 수제자 랍비가 말했다.

"나는 스승이 행한 의식과 명상은 모른다. 하지만 횃불을 나무에 걸고 기도해보리라."

이번에도 환자는 나았다. 수제자가 죽은 후 그의 후계자 랍비도 마찬가지로 위중한 환자를 치료해 달라는 부탁을 받았다. 후계자 랍비가 말했다.

"나에겐 그들과 같은 능력이 없다. 그렇지만 이 이야기를 하면 효과가 있으리란 것을 믿는다."

그리하여 환자는 나았다.

스승도, 그 제자도, 그 제자의 제자도 방법은 서로 달랐지만 똑같이 죽을병에 걸린 사람을 살려냅니다. 처음 스승이 행한 의식과 명상이 없었어도 제자들에게 온 환자의 병이 나았을까요? 아닐 겁니다. 스승이 예식을 통해 하늘에 기도하여 세상에 가지고 온 치유의 힘이 있었기에, 또 그에 대한 제자들의 굳은 믿음이 연결되었기에 가능한 일이었을 것입니다. 물론 제자들에게 스승 못지않은 기도의 마음이 자리 잡은 덕분이기도 합니다. 진실한 마음만 있다면 스승에게 연결되어 놀라운 힘을 발휘한다니, 아직 갈 길이 남은 수행자에게 큰 희망의 메시지가 됩니다.

가장 맛있는 것, 가장 값싼 것

어느 랍비가 심부름하는 사람에게 시장에 가서 가장 맛있는 것을 사오라고 일렀다. 심부름하는 사람은 혀를 사서 돌아왔다. 이틀 후에 랍비는 그 심부름하는 사람을 불러 오늘은 값싼 것을 사오라고 시켰다. 이번에도 심부름하는 사람은 혀를 사서 돌아왔다.

랍비가 말하였다

"저번에는 맛있는 것을 사오라니까 혀를 사왔고, 이번에는 값싼 것을 사오라고 했더니 또 혀를 사왔군? 도대체 어떻게 된 일이냐?"

심부름하는 사람이 대답했다.

"혀가 좋으면 이보다 좋은 것이 없고, 나쁘면 이보다 나쁜 것이 없습지요."

혀라는 것, 사람의 말에는 양면성이 있음을 랍비의 심부름꾼이 일깨워 줍니다. 이솝 우화에 나오는 혀로 만든 요리 이야기와 아주 비슷합니다. 이솝 우화가 유대교의 가르침 속으로 들어와 랍비의 이야기로 재탄생한 것일 수도 있습니다. 이솝 우화에서도 주인 크산투스가 가장 맛있는 음식을 주문했을 때와 가장 나쁜 음식을 주문했을 때 이솝은 혀로 만든 요리를 내놓습니다. 이를 책망하는 주인에게 이솝은 이렇게 말했습니다.

"좋을 때 혀는 진실을 말할 수 있고, 세상을 설득할 수 있고, 신의 사랑을 찬미할 수 있습니다. 그런데 나쁠 때는 투쟁과 다툼을 일으키는 도구이고, 분규와 분쟁의 원인이 됩니다."

화내지 않는 랍비

짓궂은 한 무리의 사람들이 인내심이 강하기로 소문난 랍비를 화나게 할 수 있는지 없는지 내기를 걸었다. 어느 날 랍비가 목욕탕에 들어가 몸을 씻고 있는데 한 남자가 찾아와서 불러냈다. 랍비는 젖은 몸을 대충 닦고 그를 만나러 나왔다. 그런데 찾아온 남자는 엉뚱한 것을 물었다.

"랍비님, 인간의 머리는 왜 둥그렇게 생겼습니까?"

랍비가 성의껏 대답해주고 다시 목욕탕에 들어갔는데, 그 남자가 또 문을 두드렸다. 랍비가 나오자 또 엉뚱한 질문을 하는 것이었다.

"왜 흑인은 피부가 검습니까?"

그런데도 랍비는 차분하게 답해주고는 목욕탕에 들어갔다. 얼마 되지 않아 그 남자는 또 문을 두드렸다. 이렇게 하기를 다섯 번이나 반복했다.

마침내 그 남자가 말했다.

"랍비님 같은 사람은 이 세상에 없는 편이 좋았을 거예요. 나는 랍비님 때문에 내기에 져서 돈을 잃게 되었어요."

랍비는 대답했다.

"내가 인내심을 잃어버리는 것보다는 당신이 돈을 손해보는 것이 더 낫지요."

목욕탕에 있다가 사람을 만나러 나오려면 몸을 닦고 일일이 옷을 입어야 하니 귀찮은 일입니다. 시시한 질문으로 다섯 번을 그렇게 하고도 화를 내지 않았으니, 이 랍비는 대단한 도인이 분명합니다. 내기 돈을 잃는 것은 오늘 잃고 내일 딸 수도 있으니 작게 잃는 일입니다. 하지만 랍비가 인내의 미덕을 잃는 것은 스승이 마음의 빛을 잃는 것이니 모두에게 큰 손실이 됩니다. 비단 큰 스승이 아니더라도 누구나 평소에 자비의 마음을 내는 연습을 하면 조급함과 이기심을 내려놓을 수 있습니다. 차츰 인내의 미덕이 자라날 수 있습니다.

쥐들이 작물을 망가뜨린 까닭

신비한 능력을 지닌 랍비 한 사람이 어느 마을로 들어갔다.
마을 사람들이 그에게 달려와 쥐가 작물을 망가뜨려 골치를
썩는다고 하소연했다. 랍비는 주문을 외워서 쥐들을 불러내
쥐의 언어로 이야기를 나누었다.

쥐들의 이야기를 다 듣고 난 후 랍비는 마을 사람들에게 말
했다.

"쥐들은 당신들이 가난한 자들을 위한 곡식을 제대로 바치
지 않는다고 말하오."

마을 사람들은 맞다고 인정하면서 랍비에게 다시 요청했다.

"저희가 제대로 헌납하면 쥐가 사라진다고 보장해주시겠습
니까?"

랍비는 그렇다고 약속했다. 마을 사람들이 곡식을 원래대로
바치고 나니 쥐는 다시 나타나지 않았다.

옛사람들은 "땅에서 일어난 일은 사람에게도 그대로 일어난다."라고 했습니다. 땅을 황폐하게 만들고 오염시키면 인간의 삶도 황폐해진다는 말입니다. 이 이야기는 거꾸로 인간의 삶이 탐욕으로 물들면 쥐들의 행동 방식도 달라진다는 것을 보여줍니다. 인간은 뭇 생명들과 조금도 차별 없이 같은 땅에서 살아가고 같은 공기로 숨 쉽니다. 그물망의 한 모서리만 건드려도 전체가 흔들리듯이, 생명의 그물망도 긴밀히 연결되어 서로 영향을 끼칩니다. 인간이 탐욕을 버리고 서로를 돌볼때 온 생명의 그물망에 조화로움과 온기가 넘칠 것입니다.

황야에서 만난 물

훌륭한 랍비가 제자 한 사람과 물이 없는 황야를 여행하고
있었다. 너무 목이 말라 참을 수 없게 된 제자가 물을 마시고
싶다고 소리쳤다. 스승 랍비는 아무 말도 하지 않았다. 조금
지나 더욱 목이 탄 제자는 울다시피 호소했다.

"당장 물을 마시지 않으면 죽을 것 같습니다."

랍비가 물었다.

"너는 믿느냐? 신께서 세상을 창조하실 때 너희들의 갈증을
미리 아시고 물을 준비하셨다는 것을."

제자는 금방 대답하지 못하고 한참 생각한 뒤에 이렇게 말했
다.

"스승님, 성스러운 분이 세상을 창조하실 때 모든 것을 예지
하고 계셨다는 것을 저는 진심으로 믿습니다."

"그렇다면 좀 더 견디도록 해라." 하고 랍비가 일렀다.

잠시 후 그들은 두 개의 물통을 등에 짊어진 사람이 그들 쪽
으로 오는 것을 보았다. 두 사람은 남자를 불러 세워 약간의

돈을 주고 물을 얻었다. 랍비가 그에게 물었다.

"어째서 당신은 아무도 살지 않는 이 황야에서 물을 져 나르고 있습니까?"

"실은 저의 주인님이 정신이 이상해져서 아주 먼 곳에서 물을 길어 오라고 명령하셨습니다. 그래서 영문도 모르고 이렇게 몇 킬로미터나 떨어진 곳에서 물을 지고 가게 된 것입니다."

스승이 제자를 돌아보며 말했다.

"너는 방금 신의 섭리를 보았느냐? 신께서는 너를 위해 이 남자와 그 주인도 창조하셨다. 이 모든 것은 세상을 창조할 때 신에 의해 미리 예견되어 있었던 것이다."

15세기 인도의 영성가 카비르는 "신의 손안에서 모든 것은 꿰어진 구

슬과 같다."라고 노래했습니다. 그렇다고 모든 것이 일일이 신에 의해
예견되었을까 의구심이 들기도 합니다. 인간에게는 자유 의지가 있고,
세상 만물도 제 뜻대로 움직이는 듯이 보입니다. 자유 의지대로 살아
도 된다는 생각과 신의 섭리가 작용한다는 생각 사이에는 커다란 '믿
음'의 차이가 있습니다. 어떤 믿음을 품느냐에 따라 인생의 행로가 달
라집니다. 믿는 바대로 살기에 믿는 바대로 이루어지니, 먼저 자신은
어떤 믿음으로 사는지 살펴봐야 할 일입니다.

베이글을 높이 던져라

존경받는 랍비가 제자들과 식사를 하고 있었다. 그러다 느닷없이 허공에 대고 소리를 지르는 것이었다.

"정신 차려라. 저쪽에 사람들이 있는 것이 보이지 않느냐? 네가 가지고 있는 베이글을 그들이 볼 수 있도록 높이 던져라. 그러면 그들이 너를 구하러 올 것이다."

함께 식사하던 제자들은 스승님이 갑자기 왜 그러는지, 누구한테 얘기하고 있는 것인지 도무지 알 수가 없었다.

식사를 하고 나서 한참 뒤에 한 남자가 찾아왔다. 그러고는 자기가 강물에 빠졌는데 구사일생으로 살아났다는 이야기를 했다. 그가 물에 빠졌을 때 멀지 않은 곳에 농부 몇 사람이 있었지만, 그들은 높은 곳에 있어서 이 남자의 모습을 볼 수도 없었고 목소리를 들을 수도 없었다. 그때 문득 남자는 자기 주머니 속에 베이글이 들어 있다는 것이 생각났다. 그가 베이글을 꺼내 하늘 높이 던지자, 그것을 본 농부들이 달려와 그를 강물에서 건져주어 살 수 있었다고 했다.

랍비는 제자들과 식사를 하면서도 멀리 떨어진 강에서 벌어지는 일을 알고 있었습니다. 심지어 유대인들이 먹는 빵인 베이글을 던지라고, 살아날 요령을 알려주기도 합니다. 랍비는 열심히 기도하고 하느님의 말씀을 지키며 살아온 사람이라 마음이 한계 없이 맑아져 먼 곳의 일, 먼 데 사람의 생각과도 연결되었나 봅니다. 우주의 근본은 하나라고 합니다. 그러니 알아차리지 못할 뿐, 보통 사람들의 마음도 다른 사람들의 마음과 연결되어 서로 영향을 주고받을 수 있습니다. 어쩌면 각자의 마음은 바다에 빠진 두레박인지도 모릅니다. 그 커다란 마음 바다에 나 자신은 무슨 생각을 흘려보내고 있는지 돌아보게 됩니다.

낙원은 어디에 있는가

한 랍비가 자신이 낙원으로 가는 꿈을 꾸었다. 어느 산에 도착한 그는 천사들이 허락하는 곳까지 높이 올라갔다. 천사들은 그에게 여자 예언자 미리암의 우물에서 몸을 깨끗이 씻으라고 명했다. 그가 우물이 너무 깊어 주저하자 천사들은 힘을 다해 그를 우물에 빠뜨려 씻을 수 있도록 했다.

그러고 나서 낙원으로 안내되었는데, 그곳에는 토라를 공부하는 몇 명의 성인이 있을 뿐이었다.

"이것이 낙원의 전부입니까?"

랍비가 자신을 안내한 천사에게 이렇게 물으니, 천사가 대답했다.

"그대여! 그대는 낙원 안에 성인들이 있는 것으로 생각하는 모양이지만 그렇지 않다. 성인들 속에 낙원이 있는 것이다."

긴 수저로 먹는 지옥과 천국의 이야기가 있습니다. 천국과 지옥 모두 긴 수저로 식사를 하기는 마찬가지였는데, 지옥에서는 자기만 먹으려고 애쓰며 아귀다툼을 했고, 천국에서는 서로 떠먹여주며 행복해했다는 이야기입니다. 결국 천국과 지옥의 차이는 환경이나 조건이 아니라 사람들의 마음에 달렸다는 뜻입니다. 천사도 그와 같이 낙원은 어떤 장소가 아니라 성인들 마음 속에 있다고 합니다. 지극히 온유하며 자비로운 마음을 지닌 사람, 진리의 말씀 앞에서 깊은 묵상에 잠긴 사람, 세상사를 흔들림 없는 미소로 바라보는 사람, 그렇게 내면에 낙원을 간직한 사람 앞에 조용히 앉아보고 싶습니다.

다가오는 재앙을 물리치다

오래도록 존경받은 랍비 시메온과 역시 랍비인 아들이 마을 입구에 앉아 있었다. 그런데 별안간 날이 어두워졌다가 다시 밝아지기를 세 차례나 거듭했다. 하늘을 올려다보니 해가 검은빛과 초록빛을 내뿜고 있었다. 아버지가 아들 랍비에게 말했다.

"아들아, 신이 땅 위에 어떤 재앙을 명하신 것일까? 이는 세상에 비극이 찾아올 조짐인 것 같구나."

그들이 무슨 일인지 알아보려 들판에 이르렀을 때, 뱀 한 마리를 보게 되었다. 뱀은 땅을 기어가면서 입을 크게 벌리고 쉴 새 없이 혀를 날름거리며 대지의 티끌을 먹고 있었다. 랍비 시메온이 다가가 뱀의 머리를 가볍게 두드리자 뱀은 그 자리에서 멈추더니 입을 다물었다. 랍비 시메온이 말했다.

"뱀이여, 위의 세상으로 가서 위대하신 뱀에게 고하여라. 랍비 시메온은 아직 지상에 있다고."

그 말을 들은 뱀은 가까이 있는 구멍 속으로 들어갔다. 랍비 시메온은 하늘을 올려다보며 이렇게 말했다.

"아래 세상의 뱀은 대지의 구멍으로 돌아갔다. 위 세상의 뱀
도 커다란 심연의 열린 틈으로 돌아가라."

그러고는 아들과 함께 기도하기 시작했다. 그들이 기도하는
동안 하늘의 음성이 울려 퍼졌다.

"집으로 돌아가거라. 지상에 머무르고 있던 재앙이 사라졌
다. 랍비 시메온이 다 없앴다."

지극한 경지에 이른 랍비들은 땅 위에서만 살지 않은 듯합니다. 지상
과 천상이 만나는 경계에 서서 양쪽이 맞물려 돌아가는 이치를 꿰뚫
어 보며 살았던 것은 아닐까요? 그들은 예리한 안목으로 해의 변화나
뱀의 움직임, 아주 작은 조짐도 놓치지 않고 예지로 이해했습니다. 그
렇게 살펴보며 불길한 일이 일어나지 않도록 지상과 천상을 다 돌보
았습니다. 랍비의 안목으로 보면 지상의 재앙이나 불운은 예고 없이

오지 않으며, 하늘과 동물들의 변화로 충분히 감지할 수 있습니다. 지금도 어딘가에서 그런 현자가 세상을 세밀히 살피며 하늘에 기도를 올리고 있을지 모릅니다.

빈말로 가득 찬 예배당

어느 날 크게 존경받는 랍비가 예배당에 갔다. 그런데 그는 입구에서 안으로 들어가지 않으려 하며 이렇게 말했다.

"나는 발을 들여놓을 수가 없다. 회당이 가르침과 기도로 가득 차 있다."

예배당의 사람들은 놀라워하며 랍비의 말을 커다란 칭찬으로 알아들었다.

그러자 존경받는 랍비는 이렇게 말했다.

"참된 헌신 없이, 사랑과 연민도 없이, 사람들이 겉으로만 지껄이는 말은 하늘로 올라갈 날개가 없어 벽 사이에 남아 있고 마룻바닥에 감추어져 있다. 썩은 나뭇잎이 차곡차곡 쌓여 집을 덮고 있는 것 같아서 내가 들어갈 틈이 없다."

신은 풀벌레의 가장 작은 소리도 들어주신다고 하니 큰 목청, 큰 몸짓으로 기도할 필요가 없습니다. 그저 소음이 되고 땅바닥에 뒹구는 기도는 몇 날 며칠을 한다 해도 하늘을 감동시키지 못합니다. 지껄임 대신 고요한 속삭임으로, 말의 성찬 대신 사랑과 연민의 마음을 담아, 날개를 달고 하늘 높이 오르는 기도를 드려야겠습니다. 마음에서 나와 빛으로 올라가는 기도를 드려야겠습니다.

잃어버리고 얻은 것

어느 랍비가 당나귀와 개, 조그만 램프를 가지고 여행 중이었다. 그는 저녁 무렵 어느 마을에 닿아 빈 헛간을 발견하고는 그곳에서 하룻밤 묵기로 했다. 헛간 앞 나무에 당나귀와 개를 매어 두고 잠자리에 들었다. 하지만 잠을 자기에는 조금 이른 시간이라 그는 램프를 켜고 책을 읽으려고 했다. 그때 별안간 바람이 불어와 램프 불이 꺼져버렸다.

'쯧. 책을 좀 읽으려 했더니 틀렸군. 다시 불을 켜기 귀찮으니 이대로 잠이나 자야겠다.' 그렇게 마음먹고 그는 잠이 들었다.

다음 날 일어난 랍비는 깜짝 놀랐다. 한밤중에 사자가 와서 그의 개와 당나귀를 물어 죽인 것이었다. 그는 긴 한숨을 내쉬며 헛간을 나섰다.

'하느님도 무심하시지. 내가 가진 것이라고는 당나귀와 개, 램프뿐인데 겨우 램프 하나만 남겨주시다니 말이야.'

이렇게 생각하며 아침을 얻어먹으려고 마을로 갔다. 그런데 어찌된 일인지 마을은 거의 폐허가 되었고 여자들만 남아 있었다. 랍비가 그 까닭을 묻자 한 여인이 슬피 울며 대답했다. "어젯밤에 우리 마을에 도적 떼가 쳐들어왔어요. 재물을 남김없이 빼앗고, 남자는 모조리 죽여버렸답니다."
랍비는 그 말을 듣고 깊은 생각에 잠겼다. 만일 램프가 바람에 꺼지지 않았더라면 자신은 도둑들에게 발각되었을 것이고, 개와 당나귀가 살아 있었더라면 짖어대는 소리와 소란으로 도둑들에게 들켰을 것이 분명했다. 결국 가진 것을 잃은 덕분에 목숨을 건졌다는 것을 깨닫고, 그는 하느님께 감사를 드렸다.

가진 것을 다 잃고 '하느님도 무심하시지.' 하고 원망을 했는데, 알고 보니 그 덕분에 목숨을 부지할 수 있었습니다. 재산을 잃거나 건강을 잃거나 사랑하는 사람을 잃을 경우, 그 상실 앞에 슬퍼하고 원망하는 마음을 품기 쉽습니다. 하지만 재산을 잃은 덕분에 새로 일할 기회를 얻거나 건강을 잃은 덕분에 가족과 사랑을 회복하고, 누군가와 이별한 덕분에 진정한 사랑을 깨닫는 일이 종종 있습니다. 이처럼 불행의 뒷모습은 행운일 때도 있으니 그 뒷모습을 볼 때까지 불행한 앞모습에 너무 짓눌리지 않으면 좋겠습니다.

하잘것없는 그릇

매우 현명하지만 못생긴 랍비가 로마 황제의 공주와 대면하게 되었다. 공주는 대뜸 비아냥거렸다.

"비할 데 없는 현명함이 너무도 추한 그릇에 담겨 있군요."

이에 랍비는 궁전 안에 술이 있느냐고 물었다. 공주가 그렇다고 하자 그것이 어떤 그릇에 들어 있냐고 물었다.

"항아리나 물 주전자처럼 흔히 볼 수 있는 그릇에 담겨 있지요." 하고 공주가 대답했다. 랍비는 짐짓 놀라는 표정을 지어 보이며 물었다.

"로마의 공주님이라면 금그릇이나 은그릇을 많이 갖고 있을 텐데 어째서 그토록 흔해 빠진 항아리 따위를 쓰나요?"

그러자 공주는 금그릇이나 은그릇에 들어 있던 물을 비우고, 대신 거기에 술을 옮겨 담았다. 금세 술맛은 변해버렸다. 술을 맛본 황제가 진노하여 누가 이런 그릇에다 술을 옮겨 담았는지 물었다.

"그러는 편이 더 좋을 듯싶어 제가 옮겨 담았습니다."

고개를 숙여 이렇게 대답한 공주는 랍비에게 가서 따지듯이
물었다.

"랍비여, 당신은 어째서 이런 일을 권했습니까?"

랍비가 대답했다.

"저는 단지 공주님에게 아무리 소중한 것일지라도 경우에 따라서는 하잘것없는 그릇 속에 넣어 두는 편이 훨씬 더 나을 수도 있다는 사실을 가르쳐드리고자 했을 뿐입니다."

하잘것없는 그릇에 비할 데 없는 현명함이 담긴 인물들이 떠오릅니다. 루게릭병에 걸린 스티븐 호킹에게는 누구도 따라올 수 없는 지성이 있고, 한 번도 미모를 가꾼 적이 없는 마더 테레사에게는 수만 명 빈자들의 영혼을 감싸준 눈부신 영성이 있었습니다. 그릇의 화려함이 거기 담긴 내용물의 가치를 결정하지 못하듯이, 외모가 곱상하냐 누추하냐가 사람의 됨됨이와 영혼의 진실성을 드러내지는 못합니다. 그릇의 외

형은 머지않아 사라지지만, 그 안에 담긴 현명함의 빛은 오랜 세월 전 세계를 비출 수 있습니다.

지혜의 스승,
그들은 누구인가?

수피

수피에 관한 많은 책을 저술한 이드리스 샤(Idries shah)는 수피즘이 얼마나 방대한지를 이렇게 표현했습니다.

"수피즘은 언제나 있어 왔으며, 지금도 있고, 다양한 길에서 대단히 폭넓게 실천되어 왔으며, 지금도 실천되고 있다."

수피라는 현자들은 이슬람교의 영적 신비가들을 일컫는 말입니다. 이슬람교는 7세기 초 아랍의 예언자인 무함마드가 완성시킨 종교이며, "알라 이외에 신은 없다."는 신조를 지키고 있습니다. 만물의 창조주로서 오직 알라만이 신이라 믿는 유일신 종교입니다. 무함마드가 아랍어로 전한 알라의 계시를 모은 이슬람 경전이 《코란》인데, 오늘날의 《코란》은 650년경 이슬람교의 제3대 지도자인 오스만 칼리프의 명으로 표준화되었습니다.

이슬람 수도승의 일부를 일컫는 '수피(sufi)'라는 말의 유래에는 여러 가지 설이 있지만 대체로 양털을 뜻하는 아랍어 '수프(suf)'에서 왔다고 알려져 있습니다. 7세기경 이슬람 수도승의 일부가 흰 양털로 된 외투를 입고서 금욕주의적 태도로 영적 수행을 하며 신과의 합일을 추구했는데, 8세기부터 이런 수도자들을 '양털 옷을 입은 자'라는 의미로 '수피'라 부르기 시작했습니다.

수피들은 8세기 후반부터 수가 많아져 집단을 형성하기도 했는데, 사회적 신분은 다양했습니다. 성직자와 정치가는 물론이고 장사꾼, 농사꾼, 뱃사공, 거지, 방랑자처럼 겉으로는 비천한 지위에서도 일하며 사람들 속에 어울려 살았습니다. 그렇게 살면서도 내적으로는 신에 대한 직접적이고 신비로운 체험을 통해 자아를 넘어서 신과 합일을 이루고자 하는 강렬한 구도의 길을 걸었습니다.

수피들이 이슬람교 안에서 한 흐름을 이루게 된 데는 8세기경 아랍 지역의 종교적, 철학적 지형이 한몫을 했습니다. 당시 아랍 지역은 서방 세계와 동방 세계의 교역과 문화적 교류가 활발해서, 이슬람교 외에도 동방정교회, 시리아 기독교, 신플라톤주의, 영지주의, 조로아스터교, 불교 같은 여러 종교와 사상의 영향력이 넘치고 있었습니다. 수피들은 이처럼 다양한 영적 전통과 교류하는 가운데 독특한 수피즘의 전통을 창조하고 발전시켜 나갈 수 있었습니다.

9세기경에는 이들의 구도 열정이 무르익어 신을 향한 영적 여행이라는 수피즘의 교리가 체계화됩니다. 이 영적 여정에서 중요한 것이 '파나(fana)'와 '바카(baqa)'라는 단계입니다. '파나'는 개별적 존재로서 자기를 부정함으로써 자아가 완전히 사라지고 절대적 실재로서 신, 즉 알라와 수피가 분리되지 않는 상태를 의미합니다. 그런 후 도달하는 '바카'의 단계에서는 마치 물에 녹은 소금처럼 알라 안에 수피가 녹아든 상태가 지속됩니다. 그러면 수피는 신성한 알라의 사랑의 에너지에 녹아들어 인간의 영적 여정을 완수하게 되는 것입니다.

수피들이 바카 단계를 완성하면 알라로부터 오는 근원적인 지식인 '마아리파(ma'rifah)'를 깨닫습니다. 이 깨달음을 이루면 모든 만물 속에 알라가 내재해 있고, 이 세상 모든 만물의 본질이 알라임을 압니다. 만물이 서로 다른 형상을 지닌 것처럼 보이지만, 마음의 베일이 걷힌 자의 눈에는 알라 이외에 아무것도 없는 실상이 보이게 됩니다.

이러한 영적 여정을 완수하기 위해 수피들은 몇 가지 대표적인 수행법을 따랐습니다. 즉, "알라 알라"를 반복해서 외는 염신(念神) 기도인 '디크르(dhikr)'를 하거나, 명상을 하거나, 세마춤이라고 하는 회전무를 추기도 했습니다. 그렇게 자신을 잊고 마음을 하나로 모으는 가운데 수피들은 자주 황홀경에 빠지는 몰입의 경험을 했습니다. 그러면서 마음이 점차 순수해져서 《코란》 구절을 읊다가 감동하여 울곤 했기에 수피들은 '낭송자'나 '우는 이' 같은 별명을 얻기도 했습니다.

특히 수피들은 사람들에게 가르침을 베풀 때, 전래되는 우화와 이야기를 화두처럼 사용했습니다. 그 덕분에 수피들에 대해서는 재미있고 다채로운 일화들이 많이 전해집니다. 수피들은 사람들에게 각자 호소력 있게 다가오는 이야기 몇 편을 선택해 완전히 이해가 될 때까지 마음속으로 몇 번이고 읽으라고 권했습니다. 그러면 점차 통찰력이 열리고 더 높은 지혜를 얻을 수 있다고 했습니다.

수피의 이야기에는 보통 이야기들과는 다른 독특한 무엇인가가 있습니다. 일종의 역설, 자유분방한 표현 혹은 황홀한 말씀이라고 할 수 있는 특징이 있습니다. 이런 이야기들은 보통 사람들의 뒤엉킨 관념, 이상, 편견을 순간적으로 무너뜨려 정신이 퍼뜩 들게 합니다.

13세기 실존 인물이기도 했던 물라 나스루딘이라는 수피의 이야기는 유난히 재치와 기지가 번득여 많이 알려져 있습니다. 다소 어리석고 엉뚱해 보이는 나스루딘 이야기는 인간의 이중성과 변덕스러움을 살짝 꼬집기도 하고 본질을 놓치고 헤매는 마음에 강렬한 자각의 빛을 비춰주기도 합니다.

오늘날 가장 널리 알려진 수피로는 그 영향력이 가장 왕성했던 13세기, 페르시아 시인이자 신학자이자 신비주의자인 메블라나 젤랄룻딘 루미를 꼽을 수 있습니다. 그는 치마 같은 하얀 옷을 입고 빙글빙글 도는 수피 회전무 수도회의 창시자이자, 오늘

날 세계적으로 애송되는 깨달음의 시들을 쏟아낸 시인입니다.

8세기에 살았던 라비아 알 아다위야라는 여성 수피는 청빈하고 금욕적인 수피 전통을 계승하면서도, 신에 대한 두려움이 아닌 지극한 사랑으로 신과 합일하는 영적 여정을 걸었다고 합니다. 그녀가 신을 향한 사랑의 깊이를 노래한 것이 널리 알려져 있습니다.

"신이여, 제가 지옥이 두려워 당신을 섬기면 지옥에서 태워주소서.

천국에 가길 원해 당신을 섬긴다면 천국에서 쫓아내소서.

하지만 오로지 당신을 위해 섬긴다면 제게 당신의 영원한 아름다움을 아끼지 마소서."

수피들은 이런 말을 했습니다. "그대의 마음, 영, 혼을 바라보라. 그리하면 신의 세계가 임재(臨在)함을 깨닫게 되리라." 자신 안에서 신의 세계를 발견하도록 이끄는 이슬람의 현자 수피. 그들의 이야기는 신성으로 가는 초대장입니다.

사막 교부

4세기경 이집트, 팔레스티나, 페르시아의 사막에는 매우 특이한 사람들이 살고 있었습니다. 하느님과 더 깊은 일치를 이루고자 도시를 떠나 사막으로 간 은둔 수도자, 은수자들, 그들을 사막 교부라고 부릅니다.

사막은 어떤 곳입니까? 황무지 중의 황무지, 농작물을 기르기는커녕 마실 물조차 없는 그야말로 불모의 땅입니다. 뜨거운 모래바람만 부는 그곳으로 사막 교부들이 스스로 떠난 것은 오로지 하느님을 만나고자 하는 순수한 종교적 열정을 품었기 때문입니다.

흔히 아빠스 또는 원로라고 불리는 사막 교부들과 그들을 스승으로 모시며 수도자의 길을 간 많은 사람들은 혼자 은수자로 살거나 함께 모여 수도원을 만들고 공동생활을 했습니다. 그 당시 이들이 가장 많이 모여 살던 곳은 이집트의 나일 강 삼각주 서쪽에 위치한 니트리아, 켈리아, 스케티스였습니다.

은수자들은 각자 토굴이나 독방에서 떨어져 살아 서로 얼굴을 볼 수 없었습니다. 은수자들이 많이 살던 지역에서는 각자 자신의 거처에 머물며 깊은 고요와 침묵을 유지하다가, 토요일과 일요일에만 함께 모여 예배를 드렸습니다. 만약 어떤 이가 그 모임에 빠지면 질병에 걸렸을 가능성이 있다고 보고 그를 방문해서 돌봐주기도 했습니다.

360년을 전후해서 '수도자의 아버지'라 불리는 성 안토니우스 교부나 성 마카리우스 교부처럼 덕이 높은 스승들이 나타나자 이들에게서 배우고자 하는 수도자들이 수천 명씩 모여들어 공동생활을 하는 수도원이 본격적으로 생겨났습니다. 비록 공동생활을 하지만 이들의 생활은 은수자들과 마찬가지로 자발적 가난과 절대적 고독을 엄격하게 추구하는 것이었습니다.

오늘날에도 전통이 유지되는 사막 수도원의 하루 일과를 보면, 새벽 세 시에 종이 울리면 각 방에서 밤중 기도를 올리고 새벽 네 시에 다시 종이 울리면 성당에 모여 여섯 시까지 함께 기도를 합니다. 아침 기도 후에는 각자 맡겨진 노동을 시작하고, 오후에는 식당에 모여 열두 개의 〈시편〉을 노래한 다음, 하루에 한 번 있는 공동 식사를 합니다. 아주 검소하며 영적 추구에 바쳐진 일과입니다.

이렇듯 사막 교부들의 삶은 기도와 노동으로 이루어진 것이었습니다. 기도는 은수 생활의 핵심으로서 성서의 〈시편〉을 끊임없이 암송하고, 침묵 속에서 관상 기도를 올렸습니다. 사막 교부들이 수도자들에게 가장 널리 권장했던 기도는 "하느님의 아들 주 예수 그리스도님, 이 죄인을 불쌍히 여기소서."였습니다. 이를 더 간단히 줄여 "주님, 자비를 베푸소서."라고도 기도했습니다. 이 기도를 호흡하듯이 계속하여 몸에 밸 때까지 하루에도 몇백 번 반복했습니다.

또한 사막 교부들은 손으로 하는 수공 일을 매우 중요시했고, 손수 일한 것으로 생계를 이어갔습니다. 보통은 사막에서 나는 야자 잎이나 빨마 가지라고 부르는 대추야자 가지로 바구니나 돗자리를 만들어 가까운 마을에 나가 팔았습니다. 돈을 벌려 하거나 가격을 흥정하지 않고 최소한의 생계를 위한 돈만 받았다고 합니다.

사막 교부들이 수도자들에게 노동을 강조한 데는 몇 가지 이유가 있습니다. 생계 유지도 물론 중요했지만, 다른 사람들을 돕는 의미도 컸습니다. 특히 영적인 측면에서는 독방에서 혼자 지내면 나태해지기 쉬운데, 이를 이겨내기 위해서는 노동이 중요했습니다. 사막 교부들은 손일을 할 때 단순히 육체노동만 하는 것이 아니라 성경 말씀을 되뇌는 수행을 쉬지 않고 같이 하여, 기도와 노동이 분리되지 않고 지속적으로 이어지도록 했습니다.

사막 교부들은 외부 방문객과 만나는 일을 극히 꺼리고 독방에 머무는 것을 중시했습니다. 전해지는 이야기들에 따르면 수도자들이 나태해지거나 영적인 어려움에 빠져 혼란스러워하면 사막 교부들은 독방에 머물라고, 독방에 머무는 것만으로 하느님이 새로운 힘을 준다고 격려하곤 했습니다. 독방에서 외부와 접촉을 끊고 홀로 있을 때 자신 안의 미세한 모든 것을 알아차릴 수 있고, 하느님을 향한 마음도 한 가닥으로 잘 모일 수 있다고 본 것입니다.

이와 같은 기도와 노동, 고독과 금욕의 삶 속에 점차 수도자들의 들끓던 욕망은 시들고 가슴은 맑게 정화되었을 것입니다. 진리를 향한 구도심과 선한 기쁨이 차오르면서 내면의 밝은 빛이 점점 더 드러났을 것입니다.

사실 사막 교부들은 겸손하고 거의 말이 없는 사람들이었습니다. 하지만 온갖 욕망과 시련을 이겨낸 이분들에게서 배우고자 한 수도자들이 많았기에, 물음에 간단하게라도 답할 필요가 있었습니다. 이를 위해 사막 교부들은 성경 말씀을 들거나 비유적인 이야기로 가르침을 주었는데, 많은 사람들이 그 이야기를 소중히 전해 왔습니다.

6세기경 펠라기우스와 요한이 그 이야기들을 엮어《사막 교부들의 금언집》을 펴냈습니다. 이 책에는 사막 교부들의 빛나는 영적 유산인 가르침과 편지, 성경 해설, 그리고 감탄스러운 일화들이 수록되어 있습니다. 그 이야기들 중에는 3년 동안 기도한 후 사람들이 쳐다볼 수도 없을 만큼 얼굴이 광채로 빛나게 된 팜부스 교부, 미친 사람을 치유해주고 갖가지 기적을 일으킨 암모니우스 교부, 자주 신비한 무아경 상태에 들어 천상의 세계를 목도했던 교부를 비롯하여 믿기 어려운 경지를 보여주는 일화들이 많습니다.

3, 4세기라는 까마득한 옛날, 사람이라고는 볼 수 없는 사막 한가운데서 스스로 빛을 발하며 하느님의 사람이 되어 간 사막 교부들. 인간이 걸어갈 수 있는 영적 여정의 가장 가파른 고갯마루를 끝내 올랐던 스승들은 이렇게 기도하라고 일렀습니다.

"항상 기뻐하시오. 쉬지 말고 기도하시오. 그리고 모든 것에 감사하시오. 그러면 여러분은 구원받을 것입니다."

선사

사람들이 쉽게 떠올리는 선사의 모습은 조용한 선방에서 두툼한 방석 위에 가부좌를 하고 앉아 눈을 지그시 감은 채 미동도 없이 명상에 든 모습일 것입니다. 혹은 먹물로 물들인 회색 장삼에 긴 나무 지팡이를 짚고 한 손으로는 연신 염주를 돌리는 모습이 떠오르기도 합니다.

선사(禪師)는 선정(禪定)에 통달한 승려라고 사전에 풀이되어 있습니다. 좁게 보면 선종 내지 선불교의 맥락에서 참선 명상을 하여 마음이 흔들리지 않는 경지에 도달한 스님들을 선사라고 하겠습니다. 하지만 이 책에서는 선사를 넓은 의미로 보아서, 부처의 가르침을 따라 호흡과 일상생활을 지켜보는 관법 수행을 하든, 화두 수행을 하든, 경전 공부를 하든, 기도나 염불을 하든, 서로 다른 수행 방법을 통해 높은 깨달음의 경지에 이른 스님들을 포괄하였습니다.

불교에는 크게 대승불교와 초기불교(또는 남방불교, 소승불교)가 있는데, 선정을 닦는 선사들은 우리나라를 비롯하여 중국,

일본, 티베트 등에 많고 이들은 대승불교에 속합니다.

이와 달리 초기불교는 스리랑카, 미얀마, 타이, 캄보디아, 라오스 등 동남 아시아에 전래되었기에 남방불교라고도 합니다. 초기불교는 석가모니 부처와 그 3대 제자들의 가르침을 담은 고대 팔리어 경전을 그대로 따르며 전통 계율을 엄수하고 있습니다. 초기불교에서는 열반, 즉 '니르바나(Nirvana)'라고 하는 궁극의 진리를 체득하여 모든 집착과 일체의 속박에서 벗어나는 것을 수행의 목표로 삼아, 주로 '위빠사나'라고 하는 관법 수행을 합니다.

위빠사나 수행은 몸, 감각, 마음, 생각이라는 네 가지 대상을 관찰하는데, 그중에서도 호흡에 집중하는 수행이 가장 보편적입니다. 호흡을 관찰하면 지금 이 자리를 벗어나지 않고, 매 순간 현재에 오롯이 집중하게 됩니다. 그러면 지나간 과거도, 오지 않은 미래도 다만 흘러가는 것일 뿐 실상이 아님을 있는 그대로 관찰하여 깨닫게 됩니다. 이를 통해 의식이 아주 맑아져 일체의 사물이 무상하고, 무아(無我)이며, 덧없는 괴로움이라는 것을 통찰하게 됩니다.

위빠사나 수행이 무르익으면 모든 일상생활의 활동들, 걷고 앉고 먹고 말하는 가운데 일어나고 사라지는 것들을 지켜보고 관찰하게 됩니다. 신발을 벗고 우산을 내려놓는 사소해 보이는 동작들도 뚜렷한 자각 속에서 하게 되므로, 매 순간 깨어있는 마음으로 살아갈 수 있습니다. 그런 마음 상태에서는 괴로운 일이 벌어지고 누군가 모욕을 주더라도 그것에 얽매이지 않고 평정심을 지닌 채 지켜보고 내려놓을 수 있습니다. 그래서 위빠사나를 수행해 온 선사들은 "비질을 할 때는 온 존재를 바쳐 비질을 하라."고 가르침을 베풀었습니다. 그럼으로써 석가모니 부처가 깨달은 궁극의 실상, 무엇에도 물들지 않는 열반에 이른다고 본 것입니다.

한편 대승불교의 큰 산맥을 이루는 중국과 한국의 선사들은 이와는 조금 다른 선불교의 방식으로 수행해 왔습니다. 석가모니 부처가 말없이 꽃을 들어 보이자 제자인 마하가섭이 미소를 지었다는 염화시중(拈花示衆)의 미소에서 유래했다고 하는 선은 말없이 곧바로 마음을 가리키는 방법으로 접근합니다. 인도에서 동쪽 중국으로 와 선종의 기초를 놓은 달마 스님부터 육조 혜능 스님을 거쳐 조주 스님의 공안, 화두를 들고 선정을 닦는 간화선 전통에 이르기까지, 선사들은 마음을 파고들어 마음을 깨치는 데 전력을 다했습니다.

사람들이 보고 만지고 경험하는 세계 전부가 허상이며 실체가 없는 것이라는 굳은 믿음 위에, 화두를 들든 코끝을 보든 마음을 하나로 집중하여 10년이고 30년이고 마음을 직접 깨닫고자 한 이들이 선사들이었습니다. 그래서 많은 고승들이 "마음을 내놓고 달리 부처를 찾을 수 없으며, 마음 외에 따로 깨달을 어떤 것도 없다.", "사람의 성품 밖에 부처가 없고 부처가 곧 성품이다.", "도는 본래 뚜렷이 이루어졌으니 깨치면 될 뿐, 닦고 증득함이 필요하지 않다."라고 하며 마음을 깨닫는 것의 중요성을 말해 왔습니다.

마음을 하나로 모아 삼매에 들거나 깊은 경지를 터득한 선사들은 보통 사람은 도무지 알 수 없는 신묘한 일들을 보여주곤 했습니다. 꿈에 몇 번이나 죽은 사람과 만나 대화하기도 하고, 지극한 마음으로 경전을 읽으면 경전에서 빛이 나오는 방광(放光) 현상이 일어나고, 무를 기르면 산신들이 그 무를 보호하기도 했습니다. 선사들의 이런 신기한 일화들은 그냥 얻어진 것이 아닙니다. 모든 세속의 욕망을 내려놓고 먹을 것이 없으면 풀죽으로 연명하면서도 오로지 진리만을 추구하며 마음의 근원에 잠겨 갔던 치열한 구도의 여정에서 생겨난 일들입니다.

우리나라에도 대단한 수행력과 경지를 보인 선사들이 많았습니다. 어느 절에 가더라도 원효 대사나 의상 대사와의 인연을 볼수 있듯이, 삼국 시대부터 위대한 선사들이 나타났습니다. 세계문화 유산인 팔만대장경을 조판한 고려 시대에는 불교가 국교였던 덕에, 국사 지위에까지 오른 의천이나 지눌을 필두로 선사들의 맥이 이어졌습니다. 비록 조선 시대는 숭유억불 정책 탓에 불교의 가르침이 대중적으로는 위축되었으나, 서산 대사나 사명 대사와 같이 나라의 위기에 큰 힘을 발휘한 선사는 물론이고, 조용히 산속에 은거하며 수행의 경지를 높여 간 선사들도 많았습니다. 일제 강점기에도 선사들의 구도심은 결코 빛이 바래지 않았습니다. 경허 스님의 제자였던 수월 스님 같은 분의 일화는 그 험난한 시대에도 자비심과 수행 경지를 체현한 모습을 전해줍니다.

선사들은 자신의 진리 체득과 중생 구제를 따로 생각하지 않았습니다. 날아가는 새들을 보면서 제자들이 현상에 얽매여 본질을 놓치지 않도록 일깨웠고, 사람들이 허황된 질문을 해도 그 질문에 걸려 넘어지지 않고 근원을 보도록 해주었습니다. 집착과 욕망을 벗고 한 벌의 먹물 옷과 발우만으로, 토굴이든 길가든, 더위든 추위든 가리지 않고 마음의 본체를 깨닫는 데 평생을 바친 선사들. 지혜와 자비의 양 날개로 허공으로 날아오르고자 했던 위대한 마음들이 오늘도 무한 속에 조용히 빛나고 있습니다. 머무는 바 없이, 사라지는 바 없이.

랍비

랍비는 유대교의 현자들입니다. 랍비 하면 '키파(Kippah)'라는 테두리 없는 둥근 모자나 검은 중절모를 쓴 모습이 먼저 떠오릅니다. 옆머리는 길게 꼬아 내리고 흰 수염을 길게 기르고 검은 양복을 입은 모습도 생각납니다.

'랍비(rabbi)'는 유대교의 현인을 가리키는 말로, 어원은 '나의 선생님, 나의 주인님'이라는 뜻의 히브리어라고 합니다. 어원에서도 드러나듯이 랍비는 성직자가 아닌 종교 지도자의 의미를 지니고 있습니다. 이들이 유대교에서 중요한 역할을 하게 된 데는 역사적인 배경이 있습니다.

기원전 2000년 고대 이스라엘 왕조 때부터 오랜 역사를 지닌 유대교는 창조자 야훼와 메시아의 도래, 지상 천국의 실현을 믿는 유대 민족의 종교입니다. 유대교는 기원전 6세기경 바빌론 유수 시절을 거치며 모세 율법을 근간으로 하여 정비되고, 기원전 1세기경에는 구약 성서의 핵심 가르침이 정립되면서 발전했습니다. 2000년 전에는 예루살렘의 대성전을 중심으로 제사장들과 수석 사제라는 성직자들이 있었으며, 야훼를 섬기는 복잡한 종교 의식도 갖추고 있었습니다.

기원후 1세기 경, 로마가 이스라엘을 점령하여 예루살렘 성전을 파괴하고 유대교를 추방합니다. 이때 지중해 각지로 흩어져 살게 된 유대인들은 더는 성전에 모여 제사를 드릴 수 없었습니다. 그때부터 유대교는 명망 있는 랍비가 토라를 가르치는 것으로 종교 의식을 대신할 수 있도록 했습니다. 유대인들이 모이는 회당인 시너고그(synagogue)에서 랍비의 인도에 따라 토라를 낭독하고 함께 기도하고 토론도 벌이는 형태의 랍비 유대교가 발전하게 된 것입니다.

랍비 중심의 유대교도 시대를 거치면서 조금씩 변화를 겪었습니다. 고대의 랍비는 유대교의 학문이나 여러 가지 의식을 배운 사람이었습니다. 이들은 성서와 구전 율법을 해석하여 유대인들이 생활 속에서 율법을 지켜 나가도록 지도하고 상담하는 역할을 주로 했습니다. 이런 역할은 보수를 받는 일자리가 아니었기에, 그들은 다양한 직업에 종사했습니다. 대부분 임금이 낮은 일자리인 구두 직공, 구리 세공사, 대장장이, 농부 등의 일을 하면서도 시간을 쪼개 토라를 연구하여 유대인 사회에 봉사한 겸손한 지도자들이 고대의 랍비였습니다.

중세에는 랍비들이 좀 더 지도적인 역할을 맡게 됩니다. 이들은 유대인 사회의 교사이자 정신적 지도자로서 재판관이나 판사의 역할도 맡게 됩니다. 유대인 사이에 분쟁이 발생했을 때 랍비들은 토라의 가르침이나 유대인 사회법의 근거를 따라 판단을 내렸습니다. 유대 사회가 커지고 복잡해질수록 랍비의 역할이 점점 많아져 직업과 병행하기 어려울 정도가 되었습니다. 그러자 랍비에게 생계 유지를 위한 보상의 형태로 돈을 지불하게 되었습니다.

종교개혁 이후로 기독교의 영향이 서구 사회에서 커지면서, 미국의 유대 사회도 영향을 받아 랍비가 목사처럼 설교도 하게 됩니다. 이와 아울러 유대 사회의 자선 활동을 지원하고, 환자나 가족을 잃은 사람들을 위문하고, 결혼식이나 장례식의 집행처럼 예식을 주관하는 일도 하며 점점 다양한 역할을 하게 되었습니다.

유대교 랍비들 중에도 성서와 율법의 가르침에 대한 깊은 통찰과 기도 속에서 뛰어난 가르침을 베푼 현자들이 많았습니다. 아주 오래전 1세기에는 가난한 목공인 랍비 힐렐이 있었는데, 그는 참을성 있는 사람의 대표적인 인물로 많은 일화가 전해집니다. 힐렐은 특별한 기적이나 초능력을 보이지 않았지만 최고의 미덕을 지닌 본보기로 많은 사람들에게 감화를 주었습니다. 그는 "인생 최고의 목적은 평화를 사랑하고, 평화를 구하고, 평화를 가져오는 것이다."라고 설파했고, 자신에게 되풀이하여 모욕을 주려는 사람들에게도 언제나 침착함과 공손함을 잃지 않았습니다.

13세기 에스파냐에는 《조하르》라는 책을 쓴 아브라함 아불라피아라고 하는 유명한 랍비가 있었습니다. 그는 젊어서 중동과 유럽의 여러 지역을 여행하며 견문을 넓혔고, 매우 경건했으며, 히브리어 경전과 중요 유대교 저술에 해박했습니다. 서른한 살에 엄청난 신비 체험을 한 이후, 궁극적 실체를 직접 체험하는 길을 제시하는 책 《조하르》를 썼습니다. 그는 우리 영혼은 감각 인상이나 여러 관념에 사로잡혀 있으므로 "영혼을 얽매고 있는 매듭을 푸는 일"이 중요하다고 일깨웠습니다. 이를 위해 히브리어로 신의 이름을 외거나 시각화하는 데 마음을 모으면 신비적인 깨우침에 이를 수 있다고 가르쳤습니다.

18세기에는 폴란드와 그 밖의 지역에서 '하시디즘(Hasidism)'이라고 하는 새로운 유대교 운동이 일어나고 이를 이끄는 지혜로운 랍비들이 나타납니다. 이들은 평범한 일상이나 시장의 대화 속에서도, 언제 어디서나 하느님께 이르는 길을 발견할 수 있다고 가르쳤습니다. 그 지도자 중에는 유명한 랍비 바알 셈 토브가 있습니다. 그는 어릴 때부터 숲에 들어가 명상하는 것을 즐겼습니다. 결혼해서도 부인과 시골에 살며 흙이나 돌을 내다 파는 일을 하며 자주 자연 속에서 명상에 잠겼습니다.

숲에서 약초의 효능을 알아내어 사람들의 병을 고쳐주게 되자 그를 찾아오는 사람이 많아지고 점점 유명해졌습니다.

그는 기적 같은 일을 많이 행했고, 만물이 신 안에, 신이 만물 안에 내재한다고 가르쳤습니다. 만물을 한결같이 대하는 보편적인 사랑을 설파했으며, 자신 안에 내재하는 신을 직접 체험하고 자신을 잊음으로써 신적 기쁨을 경험해야 한다고 강조했습니다.

랍비라는 현인들은 박해 속에 세상 곳곳으로 흩어진 유대 사회에 진리의 가르침을 끊임없이 공급하는 수로였습니다. 이들의 가르침과 일화는 《탈무드》에 담겨 유대교의 핵심 요소로 자리 잡았습니다. 가난한 일상 속에서도 기도하고 하느님의 말씀을 아로새기며, 이 땅 위에 천상의 뜻이 빛으로 쏟아지도록 헌신한 랍비들. 이 현자들의 지혜는 유대 사회를 넘어 세상 곳곳에서 삶을 밝히는 등불이 되었습니다.

영혼을 깨우는 지혜 수업

2016년 12월 23일 초판 1쇄 발행

■ 지은이 ─────── 이현경
■ 펴낸이 ─────── 한예원
■ 편집 ──────── 이승희, 조은영, 윤슬기
■ 본문 조판 ───── 성인기획

■ 펴낸곳　교양인
　　　　　우 04020 서울 마포구 포은로 29 신성빌딩 202호
　　　　　전화 : 02)2266-2776 팩스 : 02)2266-2771
　　　　　e-mail : gyoyangin@naver.com
　　　　　출판등록 : 2003년 10월 13일 제2003-0060

* 잘못 만들어진 책은 바꾸어드립니다.
* 값은 뒤표지에 있습니다.

이 도서의 국립중앙도서관 출판예정도서목록(CIP)은 서지정보유통지원시스템 홈페이지(http://seoji.nl.go.kr)와 국가자료공동목록시스템(http://www.nl.go.kr/kolisnet)에서 이용하실 수 있습니다.(CIP제어번호: CIP2016030262)